李雪峰◎著

上帝不敢辜负信念

GOD

DARE NOT

FAIL TO

LIVE UP TO

OUR

BELIEF

《读者》

签约作家

美文合集

青春馆

哈尔滨出版社
HARBIN PUBLISHING HOUSE

图书在版编目（CIP）数据

上帝不敢辜负信念 / 李雪峰著.—哈尔滨：哈尔滨
出版社，2018.4
（《读者》签约作家美文合集.青春馆）
ISBN 978-7-5484-3810-6

Ⅰ.①上… Ⅱ.①李… Ⅲ.①散文集–中国–当代
Ⅳ.①I267

中国版本图书馆CIP数据核字（2017）第304828号

书　　名：**上帝不敢辜负信念**

作　　者：李雪峰 著
责任编辑：杨滟新　李维娜
责任审校：李　战
封面设计：Amber Design 琥珀视觉

出版发行：哈尔滨出版社（Harbin Publishing House）
社　　址：哈尔滨市松北区世坤路738号9号楼　　邮编：150028
经　　销：全国新华书店
印　　刷：哈尔滨市石桥印务有限公司
网　　址：www.hrbcbs.com　　www.mifengniao.com
E-mail：hrbcbs@yeah.net
编辑版权热线：（0451）87900271　87900272
销售热线：（0451）87900202　87900203
邮购热线：4006900345　（0451）87900345　87900256

开　　本：787mm×1092mm　　1/16　　印张：12　　字数：160千字
版　　次：2018年4月第1版
印　　次：2018年4月第1次印刷
书　　号：ISBN 978-7-5484-3810-6
定　　价：29.80元

凡购本社图书发现印装错误，请与本社印制部联系调换。
服务热线：（0451）87900278

目录
contents

第三辑 开花的心

第四辑 在夜里，可以看见星星

第五辑 祝你生日快乐

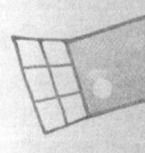

第一辑　　　站　着　的　高　度

肯定自己

1860年，亚伯拉罕·林肯51岁，经过到各地演说、竞选，他终于艰难地脱颖而出，成为了美国第16任总统候选人。

但对当时的许多美国选民来说，大家对来自斯普林菲尔德森林深处小木屋的这位总统候选人并不太了解，在选民们的强烈要求下，国会议员们决定让两位总统候选人亚伯拉罕·林肯和史蒂芬·道格拉斯举行一场面对面的激烈政治辩论会。辩论会在曼哈顿的库珀协会举行，许多德高望重的国会议员都参加了此次辩论会。

辩论开始后，亚伯拉罕·林肯和史蒂芬·道格拉斯你来我往唇枪舌剑地进行了辩论。他们的精彩辩论不时赢得台下选民的一阵阵喝彩声。辩论会进行了三个多小时，沉着冷静的林肯和巧舌如簧的道格拉斯难分伯仲。这时，《纽约晚邮报》的一位记者向林肯和道格拉斯提出了一个大胆的问题："如果让你自己投票，你会把你的选票投给谁？"

听到这个提问，台上和台下的人顿时全静了下来，人们都焦急地盯着林肯和道格拉斯这两个几乎是势均力敌的总统候选人，等待着他们各自精彩绝伦的回答。

静默了两分钟后，道格拉斯首先回答说："对于这个问题，我无法站在这里回答，也拒绝回答。"

听罢道格拉斯的回答后，林肯跨前一步，微笑着充满自信地说："我会把这一票投给自己，投给亚伯拉罕·林肯，因为没有人能比我做得更好！"

几天之后开始选举，众多的选民纷纷把选票投给了林肯，对于一个充满自信并且敢于肯定自己的人，有谁还会不去相信他呢？

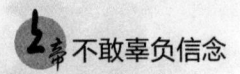

成功的推动器

乔治·巴顿是美国陆军最出色的坦克防护装甲专家，海湾战争的硝烟刚刚散去，乔治·巴顿立刻被召进五角大楼，美国国防部要求他必须在最短的时间内研制出世界上最坚固的坦克防护装甲。

接受任务后，乔治·巴顿请求国防部说："为圆满完成研制任务，我希望迈克·马茨工程师能和我共同进行研制工作。"国防部的官员一听十分不解，因为他们知道，乔治·巴顿和迈克·马茨工程师是一对有名的冤家。乔治·巴顿是美国陆军最优秀的坦克防护装甲专家，而毕业于麻省理工学院的迈克·马茨工程师是全美乃至全世界最著名的破坏力专家。前些年，乔治·巴顿和迈克·马茨有过一次十分激烈的论战，乔治·巴顿声称他将研制出什么也不能击毁的坦克防护装甲，而迈克·马茨却十分傲慢地挑战说："乔治·巴顿研制的所有防护装甲，我不费吹灰之力，就能一一把它们彻底摧毁！"两个人刀光剑影斗了整整半年，谁也不买对方的账。国防部的官员十分疑惑地询问乔治·巴顿："你怎么能要求迈克·马茨同你一起从事研制工作呢？你是知道的，你俩是水火难容的一对对手。"

乔治·巴顿说："因为在这个世界上没有比迈克·马茨更出色的对手了，所以我只能选择他。"

国防部谨慎地同意了乔治·巴顿的请求。研制工作开始后，乔治·巴顿和迈克·马茨两个人各带领了一个工作小组，不同的是，乔治·巴顿带领的是防护装甲研制小组，而迈克·马茨带领的则是破坏小组，专门负责摧毁乔治·巴顿研制出来的防护装甲。

刚开始的时候，乔治·巴顿苦心研制出来的防护装甲总是被迈克·马茨轻而易举地炸毁，随着乔治·巴顿一次次更换材料、修改设计方案，迈克·马茨的摧毁显得越来越吃力了，两个人就这样毫不松懈地在"破坏"与"反破坏"之间挖空心思苦苦地较量着。

终于有一天，乔治·巴顿研制的坦克防护装甲安全经受住了迈克·马茨种种的狂轰滥炸，任凭迈克·马茨使出浑身解数，也未能击穿乔治·巴顿的新型防护装甲，于是，当时世界上最坚固的M1A2型坦克防护装甲问世了。

在乔治·巴顿和迈克·马茨双双荣获紫心勋章的颁奖仪式上，有记者问乔治·巴顿说："为什么在这么短的时间内你竟能研制出如此坚固的坦克防护装甲呢？"乔治·巴顿毫不犹豫地回答说："是因为我给自己找到了一位最出色的对手迈克·马茨，对手才是我成功的推动器！"

说得多么好啊，没有迈克·马茨一次次的破坏，就没有乔治·巴顿一次次的快速改进和最后的成功。

对于许多失败者来说，我们并非输给我们本身的智慧，而恰恰失败于我们没有一个出色的对手。因为，对手往往是我们成功的推动器。

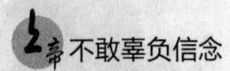

炮轰羽毛

古时候，有位能征善战的皇帝，他帐下有位年轻的将军，这年轻的将军不读兵书，不研究战法，但总是牢骚满腹地埋怨皇帝不提拔和重用他。

一天，年轻的将军又在营帐中大发牢骚，皇帝恰巧走到了这位将军的帐外。皇帝旁若无人地静静听完了他的牢骚，什么也没说，只是进帐吩咐这位将军说："你随我到炮营去，我们搞一次炮击训练。"将军跟着皇帝来到炮营，皇帝吩咐士兵说："去，给我送来几枚炮弹和几堆羽毛。"

羽毛？炮营要羽毛干什么？士兵们很不解，但皇帝已经吩咐了，尽管心里有疑团，但他们还是拉来了两车的羽毛，皇帝指着羽毛对那位年轻的将军说："把这些羽毛装进炮膛里。"将军不明白皇帝为什么要把羽毛装进炮膛里，但他还是按照皇帝的吩咐装上了。羽毛装满后，皇帝命令他说："现在，我命令你点火开炮！"

将军点上火一拉，炮响了，轰出了一团纷飞的羽毛。那些羽毛有的飘落在炮筒上，有的落在草地上，甚至有许多飘落在那位将军的头发上和肩膀上，围观的士兵们都哈哈大笑起来。皇帝让这位将军连开了几炮，但那些羽毛没有一根能被轰到十米以外的。

皇帝命令士兵把几枚炮弹推进炮膛里，又命令那位年轻的将军说："现在，我命令你开炮！"

将军按照命令，点上火一拉，只见炮弹带着火焰射出炮膛，不一会儿，就在几百米远的地方爆炸了，卷起了一团火光和烟尘。

皇帝转身问那位年轻的将军说："你回答我，为什么炮弹可以射到几百米之外，而羽毛却射不出十米远呢？"

这位年轻的将军立刻回答说："是因为羽毛太轻没有重量，但炮弹却有自身的重量！"皇帝听了，点点头说："一样的炮膛，一样的推力，炮弹可以射出几百米远，但羽毛却射不出十米远，一切都因为自身的重量啊，如果你是羽毛，即使我的炮膛再用力，也不能把你射到百米之外，但如果你把自己变成炮弹，有了自己的重量，我的炮膛轻轻一推，你就可以飞出几百米远的。年轻人，你明白了吗？"

那位年轻将军的脸立刻红了。

是啊，谁能把一根羽毛甩出去很远？而谁又不能把一块石头或一个铁块甩出很远呢？一个物体能飞多远，决定它的，不仅仅是别人的用力，而最关键的是自己自身的重量。

让自己飞远，必须让自己有重量，假若你是一根羽毛，即使有力的炮膛也是无能为力的。要想让梦想飞高飞远，必须让我们的每一个日子都有重量。

重量，才是我们梦想飞翔的翅膀。

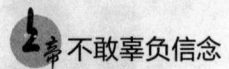

把成功分段

奥运会的马拉松长跑,一直是举世关注的一项重头戏,如果哪位运动员能在奥运会的马拉松长跑赛上摘取金牌,那么,他就会一举成名,举世皆晓。

2000年,在悉尼举办的第二十七届奥运会上,马拉松长跑无疑是一项最惹人注目的项目。远在比赛开始之前,来自世界各国的选手便开始进行了激烈的心理角逐,在赛前新闻发布会上,来自日本、巴西、南非等国的上百名运动员都十分自信,有的宣称自己在训练中曾把骏马远远甩在后边,有的宣称自己的耐力和一部匀速前行的汽车不相上下,甚至有几位非洲运动员宣称,在训练过程中,他们曾多次跑过驯鹿和狮子。在这场心理角逐中,最沉默的是一位来自肯尼亚的黑人运动员,当别的运动员都在不可一世地自吹自擂时,他却不声不响地找到了大赛的组委会,要了一张马拉松长跑的路线图。

拿到路线图后,他便开始对路线图进行徒步考察,他用一张白纸,沿赛跑线路标下了数个只有他自己才看得明白的标志物,他记下的标志物形形色色。有街角的一幢大楼,有路旁的一个公共电话亭,甚至有几棵并不古老也不高大的路边树木。人们不理解他在做什么,甚至有位气焰嚣张的日本运动员讥讽他说:"他不过是担心自己比赛时会来不及欣赏两旁的风景,现在去提前游览罢了。"面对人们的种种议论,这位来自肯尼亚的选手淡然一笑,只是充满自信地做出了一个象征胜利的手势。

在全世界的瞩目下,第二十七届奥运会马拉松比赛开始了,参赛选手们在一声发令枪响后如离弦之箭,争先恐后地向前飞奔。在第一方阵里,有美国选手、英国选手、韩国选手和几位非洲选手。每个人矫健如鹿,就像一只只狂奔的雄狮。那位瘦小、一头细碎鬈发的肯尼亚选手也在其中,他不急不

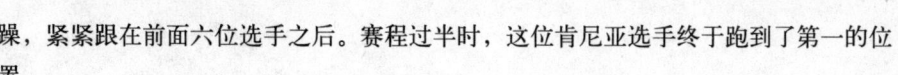

躁，紧紧跟在前面六位选手之后。赛程过半时，这位肯尼亚选手终于跑到了第一的位置。

马拉松比赛是一种体力和耐力的竞赛，它的艰辛和精彩在于它的距离漫长。这位肯尼亚选手的不急不躁正是这种竞赛所需要的。当这位肯尼亚选手还在匀速奔跑时，他身后的那些选手都已经气喘吁吁了，赛程进行到三分之二时，这位肯尼亚选手还在轻松奔跑，而且已经遥遥领先了。最终的结果是，这位被亿万观众称为"非洲黑羚羊"的肯尼亚选手，以明显的优势一举摘取了二十七届奥运会马拉松竞赛的金牌。

比赛结束后，蜂拥而至的记者采访这位"非洲黑羚羊"，问他为什么能在竞赛中表现得那么潇洒、那么轻松，这位"非洲黑羚羊"说："因为我不觉得马拉松长跑是一种多么漫长的竞赛。"

记者十分惊讶，马拉松竞赛已经接近人体运动的极限了，这位肯尼亚选手却称它不漫长。紧追不舍的记者忙问他为什么，他腼腆地一笑，掏出他画的那张路线草图，指着一个个标志物说："赛程虽然很远，但我已把它分成一段一段了，每当跑到一个标志物时，我都在心里告诉自己：这是新的一段赛道，它很近，我可以轻松抵达终点。"他顿了顿又笑笑说，"人们可能会害怕一个10万米的跑道，但却不会害怕一个1 000米的跑道，我不过是在心理上把一个10万米分成100个1 000米而已，而奔跑1 000米，对于许多人来说都不算什么问题。"

多么聪明的一种成功分解！

其实，人生的成功也是这样的。太遥远的目标和太艰巨的付出往往腐蚀掉了我们追求成功的信心，如果我们能把成功分解成无数个小成功，去积极摘取一个个的小成功，那么日积月累，无数个的小成功就会成为我们人生的一个大成功。

巨大的成功，是无数次小成功的不停积累。多么伟大的成功，都是从一个个细微的小成功开始的。

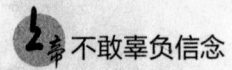

人生不止一步

年轻的时候，他沉迷于声色犬马，往往在酒吧里喝得酩酊大醉，然后摇摇晃晃地回家。亲朋好友和那条街上的邻居都知道，他是一个酒鬼，一个年轻的酒鬼。他没有什么都可以，但没有酒绝对不行，如果有朋友相邀，他会求之不得地兴冲冲赶去，然后醉得不知东西南北地被人扶回来。当没有人相邀的时候，他就一个人坐在家里自斟自饮，不把自己喝得烂醉如泥就绝不罢休。邻居们都见过他的醉态。有时在暗夜里的大街上，他醉倒在地上找不到家了，有时在街边的角落里，他醉得一塌糊涂倚着墙呼呼睡着了，他的每一个英镑都换成了烈性威士忌，后来他即使没醉的时候也四肢无力，眼睛红红的，连眼皮也懒得睁开，一副无精打采的样子。

亲人们劝过他无数次，甚至骂过、羞辱过他很多次，但就是无法让他同酒精诀别。他也信誓旦旦地说："除非让我死掉，否则我是决不会离开酒的！"

大家都替他惋惜，一个正值青春年华的年轻人，就要被烈性威士忌给彻底毁掉了。

束手无策的亲朋好友们为了挽救他，不得不用上了一个最残酷的办法，那就是彻底断掉他的经济来源，让他无钱买酒，逼迫他去找工作。他向亲人要钱，亲人们冷着脸不理睬他；他向朋友们借钱，朋友们找出各种理由去拒绝他。没办法了，他只好硬着头皮去找工作，试图挣些钱来买酒喝。

他找了几家公司，终于有一家公司录用了他。但上班没多久，公司看他整天有气无力的样子，坚决把他辞退了。

无所事事的他没办法，只好又强撑着自己被酒精噬空了的年轻躯体开

始了第二次艰难的求职，好不容易被一家公司录用了，但发现他上班总是醉醺醺的样子，忍无可忍的经理很快又解雇了他。

亲朋好友们以为这些挫折足可以使他回头了，但谁也没料到，穷困潦倒的他又交上了一些臭名远扬的无聊政客，这些可恶的政客十分欣赏他的思维敏捷和言辞善辩能力，他们带着他出入大大小小的酒吧和形形色色的夜总会，他醉得更厉害了，甚至有一夜醉倒在酒吧的盥洗间里昏昏沉沉地睡了整整一夜。

"完了，他彻底毁了！"亲朋好友们不禁深深为他感到痛惜，就连他的母亲也对他不抱任何希望了。因为他在读大学时偷偷吸鸦片，三十多岁了还一事无成，不是每天睡懒觉睡到中午，就是沉湎于威士忌中不能自拔，人生的路，他走错了太多，向深渊里滑得太远了。

连他的母亲对他都如此绝望，还有谁能对他有那么一点点的期望呢？对他的后半辈子或一生我们似乎也可以像他的亲朋好友，以及街坊邻居那样毫不犹豫地给予盖棺定论：他完了，他的一生完了，他只不过是个酒鬼和终生一事无成的废人罢了。

但且慢，你知道他是谁吗？他就是年轻的温斯顿·丘吉尔，二战时期的英国首相，一位历史和全世界都不会忽略和遗忘的世界伟人！

我们可能想不明白，一个在人生路上走错了如此远的人，一个连自己母亲都对他人生绝望的人，一个在大学时偷吸鸦片，懒得直至中午还迟迟不起床的懒汉和酒鬼，一个曾被名不见经传的两家小公司解雇的人，为什么竟能成为英国功勋卓著的首相和一位举世瞩目的杰出伟人呢？

虽然我们想不周全，但我们却可以知道，一个人一生的路，不是走错一步就从此万劫不复的。人生的路不止一步，只要不因自己的一步失误而让心灵绝望，那么一切都可以重新开始。

人生的路是遥远的，它不止一步，迈错了一步没关系，只要你能校正梦想的方向，你生命的余程也能有瑰丽的彩虹。

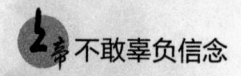

生命的弯腰

在民间曾流传着这样一个故事:

孔子周游列国时,在去楚国的路上,见到一副破烂的鞍鞯,孔子吩咐跟随他的学生子路说:"把那个鞍鞯捡起来。"但子路瞅了一眼那副又破又烂的鞍鞯,懒得弯下腰去捡一下,他佯装没有听见孔子的吩咐,昂着头从那副破鞍鞯上一步跨过去了。

孔子没有说什么,他跳下车,把那副鞍鞯捡起来,然后放到自己的车上。

走了不远,他们来到了路途中的一个小村庄,在一户人家门前,孔子吩咐把车停了下来,他敲开那户人家的门,征询主人说:"我们走得又渴又累,但庆幸的是,我在路上捡到了一副鞍鞯,如果略加修复,一定还能使用,我想用我的这副鞍鞯换取您院中的几个桃子,您看行吗?"说着把那副鞍鞯递给了主人。

主人接过鞍鞯细细看了看,高兴地说:"我就用15个桃子换取你这副鞍鞯吧。"很快,主人就从院中的树上摘下15个又鲜又红的桃子。孔子把桃子放在地上,招呼子路说:"渴了吧,来吃桃。"

子路弯下腰拿起一个,便狼吞虎咽地吃起来。一个桃子很快就吃完了,子路又慌忙弯腰拿起了一个。

桃子吃完了。孔子笑着问子路:"你吃了几个桃子?"子路说:"我吃了10个。"孔子说:"你吃了10个桃子,弯了10次腰,如果刚才在路上你弯一次腰捡起那副破鞍鞯,那么你也就可以像我这样心安理得地坐着吃桃子

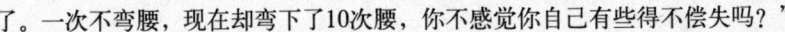

了。一次不弯腰，现在却弯下了10次腰，你不感觉你自己有些得不偿失吗？"

子路羞愧得满脸涨红分辩说："我以为那不过是一副破烂的鞍鞴，根本没想到它竟能换来这么多又红又甜的桃子。"孔子笑了，说："小事不愿意干，将来就会在更多更小的事情上劳心费神啊。该弯腰的时候不弯腰，有朝一日，你要为这一次不弯腰偿还上10倍的弯腰，早知如此，何不该弯时就弯一下自己的腰呢？"

子路明白了。

但我们明白了吗？在人生的旅途上，面对一个真理，我们不愿意弯一次自己心灵的腰，但常常为了在生活中印证这个道理，我们不得不一次次弯下自己的腰。没有哪一个真理对于人生是破烂的、无用的，弯一下腰把它捡到我们的心灵里，那么在生活中，我们必将不会为此付出更加得不偿失的狼狈代价。

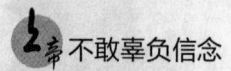

假如时光可以倒流

　　纳德·兰塞姆牧师是法国最著名的牧师之一，在里昂的富人区和穷人区里，他都深受人们的尊重。许多人在生命垂危或临终前，对亲朋好友提出的唯一要求就是：请纳德·兰塞姆牧师来到自己的病榻前。要把自己的临终遗言告诉那位可敬的牧师。

　　纳德·兰塞姆的一生中曾一万多次来到那些临终者的病榻前，亲耳聆听并记录了那些临终者在生命最后时刻的话。

　　许多人都好奇地向纳德·兰塞姆牧师探询那些临终者最后的遗言是什么，但纳德·兰塞姆都微笑不语，他将临终者的遗言一一记录下来，想用自己生命的最后时光，为这个世界上的后人们编著一本最有教益的书。纳德·兰塞姆曾经对人们说，大家所关注的千万富翁、王公贵族的遗言没有几个如大家所想的那样是同他们的万贯家产有关，那些社会名流的遗言也没有几个是和他们的权势和社会地位有关。那些遗言是一种悔恨，是对自己一生的忏悔，忏悔差不多是所有临终者遗言的共同话题。

　　纳德·兰塞姆只透露过几个普通人最后的遗言，他说在里昂市，曾经有一个布店的老板，他一生勤勤恳恳，白手起家，逐渐发展到有了自己的门店、豪华住宅，以及一份不菲的家产，回首一生，他感慨万千。纳德·兰塞姆想，这个商人的临终遗言可能是和他的财产有关吧？但恰恰不是，病榻上的布店老板话锋一转，用气若游丝的声音说："亲爱的牧师，我今生最遗憾的是自己未能成为一个音乐家啊！"

　　纳德·兰塞姆不解地盯着病榻上双目深陷的布店老板，那布店老板长叹了一声解释说："我年轻的时候十分喜欢音乐，曾经和著名的音乐家卡拉扬一起拜师进修音乐，我们一起弹钢琴、吹小号，那时我的音乐造诣远比卡拉

扬高，老师和同学们都十分看重我的音乐前程，"布店老板气喘吁吁，他停下来歇了歇，又长叹了口气说，"十分可惜的是，二十多岁时我却迷上了赛马，从此整天泡在赛马场里，把自己的音乐天赋给荒废了，后来为了生活我又经营起了布店生意，生意一做就是几十年，再也没有涉及过音乐，要不然我一定不会比卡拉扬逊色，一定也能成为一个举世瞩目的音乐家，而不是这样一个碌碌无为的布店的老板。唉，如果时光可以倒流，生命可以重来，我是决不会做这种让人悔恨的傻事了！"布店老板说罢流下了悔恨的泪水。

80岁时，纳德·兰塞姆牧师知道自己生命已快走到尽头，于是他在教堂里开始整理自己记录了一生的那些临终者的遗言，并把这本书命名为《最后的话》。《基督教科学箴言报》曾预言："《最后的话》一旦出版，将是世界上最伟大的一部书，因为它将对每一个人的生命都有教益和启发，一点也不会亚于《圣经》！"但令世人惋惜的是，在《最后的话》即将编完的时候，纳德·兰塞姆所在的教堂意外发生火灾，纳德·兰塞姆一生的心血付之一炬。火灾过后，人们纷纷劝纳德·兰塞姆牧师重新开始，凭记忆再写《最后的话》，但纳德·兰塞姆拒绝了，他说："生命遗言中最重要的话，我会将它刻在我的墓碑上。"

纳德·兰塞姆去世后，安葬在圣保罗大教堂，墓碑上刻着他自己手写的碑文：假若时光可以倒流，世界上将有一半的人可以成为伟人！

但时光是永远不可能倒流，生命是永远不会重新再来的，每个人的人生都不可能拥有第二次机会，那么，与其让我们在生命的最后时刻悔恨，为什么不从现在就开始做一些我们认定可以无悔的事业呢？

只要马上投身不会让生命悔恨的事业，那么你就可能成为伟人！

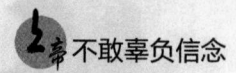

伤口上的翅膀

一只蛹要化蝶了，这是一个十分艰辛的历程。

首先，它要经受住饥饿，即使再美味的东西放在它的口边，它也必须压抑住心灵深处的那份强烈的欲望，让自己曾经臃肿的身材拼命地瘦下去，甚至瘦到皮包骨头的地步，只有这样，它原来那副肥胖的蛹壳才能和它的身体逐渐分化和剥离。对此，昆虫学家曾做过一次十分有趣的实验，他们把蛹最喜欢吃的食物，分别放在十只正在梦想化蝶的蛹旁，一些蛹饿了几天后，实在禁不住那些美味食物的诱惑，于是它们张开口，开始有滋有味地品尝那些食物。而另一些蛹却丝毫不为所动，它们饥肠辘辘，即使饿得一次次痛苦地蠕动，它们也不肯吃一口那些就放在自己嘴边的食物，甚至有的蛹已经饿得晕过去，但为了自己的化蝶梦想，面对那些唾手可得的美味佳肴，这些蛹一点都不动摇。

几十天后，结果出现了，那些不能压抑下自己欲望的蛹，因为贪嘴，它们只不过成了一只更臃肿的蛹。而那些压抑贪欲，始终不为美味佳肴而动心的蛹，终于瘦了下来，它们的身体与臃肿的蛹壳已成功分离，它们离自己化蝶的美丽梦想已近了大大的一步。

和蛹壳彻底分离后，它们只要钻出自己蜕化的蛹壳，就可以梦想成真蜕化成一只能够自由飞翔的美丽蝴蝶了。为了早日钻出坚硬的蛹壳，所有的蛹都使出了浑身解数，有的用并不锋利的唇齿拼命撕咬蛹壳十分微小的缺口，有的探出头来用尽气力企图把蛹壳的缺口撑得更大些。昆虫学家发现，在破壳而出的化蝶过程中，这些蛹的表现也是不同的，有的蛹企图投机取巧，它们不遗余力地吐出黏液，期望能濡湿自己那干硬的老壳，以利于撕开更大的缺口使自己能够不受阻挡地轻松脱壳而出。但另外一些蛹就不同了，它们把缺口稍稍撕大一点点，就拼命地弓起身体从缺口处往外挤，直到挤压得自己

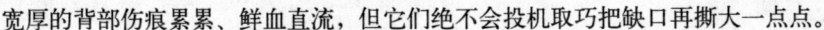

宽厚的背部伤痕累累、鲜血直流，但它们绝不会投机取巧把缺口再撕大一点点。

这两种脱壳的方法同样也造成了两种绝对不同的结果。那些把缺口撕大不受任何挤压顺利脱壳而出的蛹，虽然它们轻松地脱壳而出了，但它们根本长不出翅膀，变不成蝴蝶，它们只不过成了一只新生的蛹；而那些背部饱受挤压的蛹，它们背部的伤口很快长出了美丽的翅膀，它们终于化蛹为蝶，成为了一只只美丽的蝴蝶。

欲望和投机是梦想的天敌，一颗有贪婪欲望和投机的心灵是永远抵达不了梦想的彼岸的，要使自己化蛹成蝶，要使自己长出能够自由飞翔的翅膀，最关键的就是要让自己从欲望和投机的坚硬蛹壳里脱壳而出。

抵制了欲望和投机，你的人生就有了一双美丽的蝶翼。

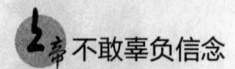

我，只有一个

贝多芬年轻的时候，十分向往音乐圣地维也纳。是啊，哪一个对音乐充满梦想的人会不向往维也纳呢？在维也纳，云集着来自世界各地的出色音乐家。可以说，维也纳就是音乐天才们的舞台。

对维也纳向往不已的贝多芬终于只身来到了维也纳。当时，名不见经传的贝多芬在维也纳这个城市里举目无亲，他不认识任何人，也没有人认识他。到维也纳后，不到一个月的时间，贝多芬就囊空如洗了，他寄宿的那家小旅馆的老板对贝多芬说："你的寄宿费已经所剩无几了，如果再不交费，再过几天，我只好把你撵到大街上去了。"走投无路的贝多芬没办法，只好向老板恳求说："尊敬的房东先生，我在维也纳一个人都不认识，如果您愿意的话，我可以帮您干点活，但不收取佣金，只要您能让我在这里生活下去。"老板一听，冷笑着说："对不起，我这里不是教堂，也不是慈善救助的地方，我只认识钱，有钱，你在这里住一百年都没问题，如果没钱，那就请你离开！"站在一旁的旅馆老板娘也讥讽地说："你不是自认为是个音乐天才吗？如果你确实有一手的话，你可以去求李希诺夫斯基亲王，那可是个慧眼识珠的人，你只要能赢得他的赏识，别说是用餐、住宿，你一切都会有的。如果你不能被他赏识，你就乖乖滚回你的老家待着去，维也纳也不是谁想留下就可以随便留下的！"

走投无路的贝多芬，只好硬着头皮去拜见那个据说对音乐天才爱才如命的李希诺夫斯基亲王。十分幸运的是，听罢贝多芬弹奏的几支钢琴曲，又和贝多芬谈了些音乐艺术见解后，亲王夫妇十分赏识贝多芬，他们热情地邀请这个具有非凡音乐天赋的年轻人搬到他们的家来住，亲王还信誓旦旦地说："年轻人，只要你照我说的去做，用不了多久，你就会成为维也纳这个音乐圣地的新星，你将拥有你梦想的一切！"

李希诺夫斯基亲王一家的确对贝多芬十分热情，他们免费为贝多芬提供食宿，为了使贝多芬在交际中显得体面一些，他们花了大把的钱为贝多芬购置了许多价值不菲的衣服，并且利用他家在上流社会中的显赫地位和身份，热忱地介绍贝多芬结识那些社会名流和在维也纳呼风唤雨的著名音乐家，不辞劳苦地向社会和音乐界推荐贝多芬，贝多芬在亲王一家的呵护和帮助下衣食无忧，的确生活得十分惬意。但令贝多芬稍稍感到不快的是，李希诺夫斯基亲王是个自以为是和骄傲蛮横的人，他对音乐略识皮毛，但却自认为是个行家高手，常常对贝多芬指手画脚，逼迫贝多芬一切都要按他的吩咐去做，否则就大发雷霆。在李希诺夫斯基亲王家生活了一段时间后，贝多芬越来越感到痛苦不已。因为，如果不按照亲王说的去做，自己将失去在维也纳的一切庇护和生活来源；但如果就这样逆来顺受，自己将会成为一个音乐的庸才。

思忖了好久，贝多芬在一个下午忍不住对正在对自己指手画脚的亲王说出了自己的看法。亲王一听，顿时勃然大怒，指着贝多芬怒吼道："没有我的庇护，你只是个流浪街头的穷小子而已！没有我的帮助，你别说想成为一个音乐界的新星，连成为一个普通的艺术家也不可能！你是想在我的亲王头衔护佑下成为音乐家，还是想重新流浪街头，你自己选择吧！"

面对不可一世的亲王，贝多芬也毫不示弱，他回答亲王说："您之所以能成为一个亲王，是由于偶然的出身；而我之所以成为贝多芬，却是由于我自己。亲王现在有的是，将来也有的是，而贝多芬却永远只有一个！"说罢转身离开了亲王的宅邸。

后来，经过自己的勤奋进取，贝多芬终于在维也纳站住了脚跟，成为了举世瞩目的世界音乐大师。如果他当时不选择离开亲王，不是为"贝多芬只有一个"去奋斗，也许他只能是个平平庸庸的小艺人而已。

贝多芬只有一个，你也只有一个，只有把自己看得独一无二，你才能为自己的人生负责，才能让自己的人生精彩，才能让自己从芸芸众生中脱颖而出。

记住，你自己只有一个，要想使你的一生不平庸，你就要去努力奋斗。

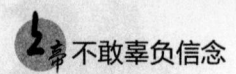

留一只眼睛看自己

宫本和柳生是日本近代最有名的两个剑客。宫本是柳生的师父,柳生的剑技是从宫本那里学来的,并融入了自己出神入化的独创。

柳生年轻的时候,十分喜欢剑法,他做梦都想成为剑客,因为他家时常被人欺凌,他的祖父和父亲就死在那些横行霸道的强盗的剑下。柳生想学一身高超的剑法,一来为祖父和父亲报仇雪恨,二来保护善良的百姓免受强盗们的滋扰。柳生听说名古屋有位剑法超群的剑师宫本,他曾经击败过无数剑技高超的大师,许多强盗对他闻风丧胆,常常一听宫本的大名就望风而逃。

年轻的柳生于是就跋山涉水去拜见宫本。在宫本的草剑堂,柳生见到了这位名震江湖的剑师,但柳生有些失望,因为宫本很矮很瘦,全然没有柳生想象中剑客那种气贯云天的豪迈样子,只不过是个相貌平平的老头儿而已。柳生有些疑惑地问宫本:“大师这样的身板,如何能胜过那些身高力强的强盗呢?”

宫本呵呵一笑说:“柳条虽柔,但您见过暴风吹折柳条吗?”柳生一听十分佩服,决心投在宫本门下学剑。

刚刚学了不久,柳生就有些心浮气躁了,恨不得自己能一下子就成为剑客,然后回到家乡去除暴安良。他踢踢自己健壮的腿脚,又伸伸自己粗壮有力的胳膊问师父宫本:“师父,凭我的条件,你看我需要练多久才能成为一个武艺高超的剑客呢?”

宫本看了一眼柳生,说:“至少需要10年吧。”柳生有些失望地说:“10年?那太久了。”顿了顿,柳生又问宫本:“师父,如果我加倍苦练,

那么需要多长时间我才能成为一个一流的剑客呢？"

宫本淡淡一笑说："那就得20年了。"柳生一听，立即有些不解，怎么自己越努力需要的时间还越长呢？他有些狐疑地问宫本："师父，假若我能利用夜晚的时间加以苦练呢？"

宫本听了，头也不抬地说："那你一定会因劳累而死去，永远不能成为一名一流的剑客。"

柳生听了，觉得自己的师父是不是已经老得有些糊涂了，人都是靠勤奋努力才会进步越来越快的，怎么自己越努力，需要的时间不是越来越少，而是越来越长了？于是柳生问宫本："师父，为什么我越是努力练剑，成为一个一流剑客的时间就越长呢？"宫本看了一眼柳生，说："一个人并不是剑法炉火纯青了就会成为一流的剑客的，要做一流的剑客，双眼只盯着剑技、剑法是不行的，必须留下一只眼睛看自己，不断地自省，不断地弥补自己的不足，只有这样才能进步得快，"宫本顿了顿又看了一眼柳生说，"如果就像你说的那样一味练剑，而从不自省，从不去发现和弥补自己的不足，即便你练得再勤奋、再刻苦，也是很难成为一个一流的剑客的。"

柳生听了，思考良久，才郑重地对宫本说："师父，我懂了！"

柳生从此在练剑之余不停地思考自己剑技不足之处，并反复揣摩，曾向师父宫本提出了剑法的多处破绽，很受宫本的器重，仅仅几年的时间，柳生就从一个名不见经传的青年成为了剑法超群的出色剑客。

练剑是这样，人生的哪一种事业不是这样的呢？当我们只把自己的全部注意力投向某一个目标的时候，却全然忘记了某些失败并非是我们不够努力，而恰恰是因为我们本身的一些缺陷和不足啊！不自省和弥补自己的不足，而只是一味地盲目奋斗，成功就可能会离我们越来越远。

留一只眼睛看自己，只有不断自省、不断自我完善，我们的进取之路才会不偏离轨道，成功才会离我们越来越近。

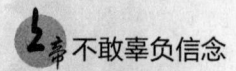

成功需要多长时间

两个年轻人酷爱画画，一个很有绘画的天赋，一个资质则明显差一些。二十岁的时候，那个很有天赋的年轻人开始沉醉于灯红酒绿之中，整天美酒旌歌醉眼迷离，丢掉了自己的画笔，而那个资质较差的年轻人则没有。他的生活虽然极为贫困，每天需要打柴、下田劳作，但他始终没有丢掉自己钟爱的画笔。每天回来得再晚、再累，他都要点亮油灯，伏在破桌上全神贯注地画上一个钟头。即使在他做木匠走村串户为别人打制桌椅床柜的时候，他的工具箱里也时刻装着笔墨纸砚，休息的短暂间隙，行路时的路边稍坐，他都会铺上白纸，甚至以草棍代笔，在泥土地上画上一通。

四十年后，他成功了，从湖南湘潭一个小镇上的一介平凡木匠，成了世界级的画坛大师，这个人就是齐白石。

齐白石成功后，曾和他一起酷爱过绘画的那个年轻人到北京来拜访过齐白石，不过他同自称为"白石老人"的齐白石一样，已经是个年过六旬的老头儿了。两个人促膝交谈，齐白石听他慨叹美术创作的艰辛和不易，听他诉说对自己从事绘画半途而废的深深惋惜，齐白石听完莞然一笑说："其实成功远不如你想的那么艰辛和遥远，从木艺雕刻匠到绘画大师，仅仅只需要四年多的时间。"

"只需要四年多的时间？"那个人一听就愣了。

齐白石拿来一支笔一张纸伏在桌上给他计算说，我从二十岁开始真正练习绘画，三十五岁前一天只能有一个小时绘画的时间，一天一小时，一年365天，只有365小时，365小时除以24，每年绘画的时间是15天。20岁到35岁是15年，15年乘以每年的15天，这15年间绘画的全部时间是225天；35岁到55岁的时候，我每天练习绘画的时间是2小时，一年共用730小时，除以每天24小时，总折合是31天，每年31天乘以20年合计是620天；从55岁至60岁，我每天用于绘画的时间是10小时，每天10小时，一年是3 650小时，折合152天，5年共用760天。20岁到35岁之间的225天，加上35岁到55岁之间的620天，再加上55岁到60岁时的760天，我绘画共用1 605天，总折合4年零4个月。

4年零4个月，这是齐白石从一个乡村的懵懂青年成为一代画坛巨匠的成功时间，很多人对齐白石仅用了4年零4个月的成功时间很惊愕，但为什么要惊愕呢？其实成功离我们每个人并不远，成功也不需要太长的时间，只要你坚持，只要你勤奋，成功的阳光便很快会照射到你忙碌的身上。

不要畏惧成功的遥遥无期，成功其实不需要太长的时间，用上你发呆或喝咖啡的时间已经足够了。

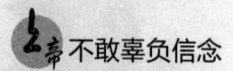

一滴海水里的世界

　　拉曼是20世纪声学光学领域中最杰出的科学家之一。1921年秋天，拉曼在欧洲参加完一次学术研究，乘客轮返回他的祖国印度。

　　傍晚的地中海一片静谧，除了几只翱翔的海鸟，天空和大海相接，整个世界仿佛都是一片晶莹的蔚蓝，年轻的拉曼兴致勃勃地站在甲板上，深深沉醉在这无边无际的浩渺蓝色世界里。在他身旁的船栏上，有一个年轻的母亲和她刚刚八九岁的漂亮女儿在看海。小姑娘看来是第一次乘船，她很兴奋，不停地向她的妈妈提出各种各样的问题，她的妈妈微笑着给她一一解答，后来，小姑娘又向妈妈提出一个疑问说："妈妈，你能告诉我海水为什么那么蓝吗？"小姑娘的妈妈想了好久，但还是不好意思地摇摇头说："这个连妈妈也说不清楚。"

　　看着小姑娘有些失望的眼神，拉曼禁不住走上前去，微笑着对小姑娘说："来，叔叔可以告诉你海水为什么是蓝色的。"

　　"为什么呢？"小姑娘兴奋地问。

　　拉曼说："那是海水反射了蓝色天空的颜色。"

　　小姑娘高兴地点了点头，但又很快摇了摇头说："不对，如果天空里充满了白色的云朵，那么海水不就成了白色的吗？"

　　拉曼一听，愣了。是啊，如果天空里布满了白色的云朵，那么海水不就成了白色的吗？但海水却仍然是蓝色。看来，海水并不是科学家所说的，是因为反射了天空的颜色才变蓝的。拉曼认定这个科学的解释一定存在着许多的谬误。

回到印度后，拉曼立刻着手研究为什么海水是蓝色的这一看似幼稚，又有些无足轻重的课题。他用种种方式，很快推翻了"海水呈蓝色，是因为它反射了天空的颜色"这唯一盖棺定论的科学解释，但"海水为什么是蓝色的"的科学研究，却耗尽了拉曼一生的宝贵时光。

直到1930年，当拉曼已经是垂垂老人时，他才真正找到了这个谜底，提出了新的科学解释，他的发现被科学界称为"拉曼效应"，拉曼因此而荣获了当年度的"诺贝尔物理学奖"，他是印度也是亚洲历史上第一位获此殊荣的科学家。

在颁奖典礼上，拉曼发表演讲说："不要忽视一个普通的小疑问，不要忽视一滴海水，那都是我们未知的一个大世界。"

一个小姑娘的小疑问，牵出了物理科学上的一个大发现，这是一个人间的奇迹，或许，没有小姑娘那个显得十分幼稚的疑问，就不会有"拉曼效应"。

奇迹，也是从小事情上破土萌芽的，如果你忽视了小事情，那么很有可能会和创造奇迹的机遇擦肩而过了。

一滴海水里，往往藏着一个让你无法预料的大世界。

不看困难

　　那时，他刚刚19岁，正在德国哥廷根大学读书学习。他酷爱数学，那些枯燥的数字和变幻莫测的公式、几何图形让他沉迷不已。在他的导师看来，他不仅极具数学天赋，而且刻苦努力，或许能够成为一位出色的数学家，因此，在每天布置完全班同学的数学作业后，对他寄予厚望的导师总会额外给他布置两道难度较大的数学题。

　　深秋的一天，吃过晚饭后，他照例伏在课桌上完成导师布置给他的两道数学题，那两道习题他在不到两个钟头的时间内顺利做完了。在他就要卷起那两道习题纸的时候，一张小纸条从导师交给他的答题纸中掉了下来。他捡起纸条一看，纸条上是一道数学题，他没有多想，只是以为那是导师另外给他布置的习题，于是他又坐下来，埋头做了起来。

　　这是一道特别难做的习题，几年了，导师从没有给他布置过如此高深的习题，他感到前所未有的吃力。他绞尽脑汁，集聚自己所学过的全部数学知识，全力以赴从各个角度去演算这道数学题，但成效不大，直到半夜时仍然毫无进展。既然导师把它布置给了自己，那么它肯定有一个解题的方法，只是自己现在还没有找到这种方法而已，我一定要把它做出来！他皱着眉头想。

　　圆规、直尺、铅笔、纸，他伏在课桌上又写又画，草稿纸画满了一张又一张，图形推敲了又推敲，但还是找不到答案。他伏在课桌上闭上眼思考了几分钟，他觉得，用常规的数学思维对付这道题显然是不可能找到答案的，要解开它，或许需要跳出常规的数学思维才可能会柳暗花明。于是，他重新调整了思路，又取出厚厚一沓草稿纸，一头扎进那道高深莫测的数学试题中……

当远处教堂里的晨钟悠悠地响起时，熬红了双眼的他忍不住微笑了起来，他庆幸自己终于解答出了这道数学题。他将这道题的答案和另外两道数学题匆匆交给了他的导师，并且愧疚地对导师说："对不起，写在小纸条上的第三道题的确太难了，我十分吃力，整整做了一个通宵，不过还算不错，我终于把它解答出来了。"

"什么小纸条上的第三道题？"导师有些莫名其妙，但当他看过年轻人第三道题的答案后，立刻惊呆了，他用颤抖的声音问自己的学生说："这真的是你做出来的吗？"看着惊讶不已的导师，他点点头说："是的，老师，是我解答出来的，不过，实在有些太不好意思了，这一道题我竟做了整整一夜。"导师兴奋地马上拉他坐下，竭力压抑着自己内心中的激动对他说："你现在重新给我解答一遍让我看看。"在导师的焦急注视下，他重新解答出了这道题，并规范地在一张草稿纸上画出了一个正17边形。

捧着那张草稿纸，导师激动万分地告诉他说："你创造了世界数学史上的一大奇迹，这道题已经悬而未决两千多年了，阿基米得对它束手无策，牛顿也没有解出答案，两千多年了，多少杰出的数学家耗尽毕生的精力，也没有找到答案，但你仅用一个晚上就解出了答案，年轻人，你是一位天才的数学家啊！"

他一听，顿时也愣了，一个两千多年都悬而未决的数学难题，竟被自己在一夜之间攻克了。他高兴万分地对导师说："幸亏您没提前告诉我有关这道题的历史真相，要不，我很可能不敢贸然去解答它的。"导师说："我也并非是把它布置给你的，我在其他地方见到了这道题，把它抄在纸条上，准备以后慢慢研究的，没想到夹在试题中给了你，更没料到，你用一夜时间就创造出了世界数学史两千多年也没能突破的伟大奇迹！"

年轻人兴奋地笑了："真是无知者无畏啊，如果我知道这道题的历史真相，或许奇迹就难以出现了。"这个年轻人便是后来闻名于世界的数学王子高斯。

无知者无畏。在我们不知道困难有多大的时候，我们往往有信心和勇气向困难发出挑战，但一旦窥见了困难，我们往往就会望而却步被困难吓退了，这就是许多才华横溢的人最终成为庸庸碌碌者的根本原因。

尽管放手去做你的事情，别在完成事情之前紧盯着困难，这是奇迹诞生的最好摇篮。

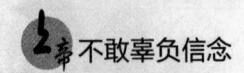

穷人最缺什么

　　法国媒体大亨巴拉昂出身贫寒，他出生在法国南部一个偏僻、贫穷的村庄里，后来，他们全家迁移到巴黎，在巴黎的一个贫民区里生活并长大。

　　16岁的时候，巴拉昂辍学了，他到一家旅馆找了一份做侍应生的工作。在旅馆里，这个一脸稚气的侍应生是最有名的好奇者，一旦旅馆入住了一位一掷千金的大富翁，巴拉昂便要好奇地打探这位富翁是做什么的、是哪里人，甚至还要千方百计弄明白这个富翁的父亲是做什么的、祖父是做什么的，他们是如何出人头地成为富翁的。旅馆的人都觉得这个孩子挺可笑，一个侍应生，辛辛苦苦工作一月只能赚到少得可怜的一点法郎，不用心去赚取法郎老是好奇别人做什么？有一天，法国最富有的报业巨头到这家旅馆举行宴请酒会，看着那豪华的灯光酒影，看着那一群群器宇不凡的社会名流众星捧月似的围着那位报业巨头，年轻的侍应生巴拉昂再也沉不住气了，他向旅馆里的同事打听报业巨头是怎么发迹的，并向报业巨头身边的人打听这位报业巨头曾经继承了多少遗产，他的父亲和祖父原来是经营什么的？旅馆的老板对巴拉昂十分不满，把巴拉昂叫进他的经理室讥讽说："你打听那些东西干什么？请你记住，你只是个侍应生，住在那个臭气熏天的贫民区里，你的父亲只是一个靠苦力养家糊口的下等市民，你永远也不可能和人家大名鼎鼎的报业巨头相提并论，人家是拥资千万的大富翁，而你，只是一个下等侍应生！"

　　巴拉昂不屈服地分辩说："可我知道，报业巨头不是生下来就是大富翁的，他的父亲只是一个街头小商店的商店主，而他的祖父和我的父亲一样是一个贫民区的苦力工。"旅馆老板说："可这一切又能说明什么呢？"

　　巴拉昂回答说："这说明我现在的处境并不比他差多少，或许有一天，我也可以成为一个腰缠万贯的报业大王的！"回到家里，巴拉昂跟自己的父亲谈起自己的梦想，他的父亲说："孩子，这绝对是不可能的，你的这种想法不是梦想，它只能叫奢望或野心。"

巴拉昂说："怎么会不可能呢？因为他的祖父曾和你现在一样，只是贫民区里的一个苦力工。我们能比他们差多少呢？"

不久，巴拉昂就坚决辞掉了旅馆侍应生的工作，先是到那个报业巨头的公司做了一个投报员，然后进入报业公司的印刷厂当排字员、校对员，后来成了一名记者。

二十多年后，巴拉昂终于拥有了自己的报业公司，并拥有了自己的电台和电视台，成为了法国拥资最多的传媒大亨。

76岁的时候，巴拉昂走到了自己生命的尽头，临终前，这位出身平民的富翁把4.5亿法郎的股份捐献给了研究前列腺癌的机构，另有100万法郎，他立下遗嘱说："谁如果能正确回答出穷人最缺什么，就把这100万法郎奖给谁。"他把谜底锁在自己的保险箱里，结果，在收到雪片似的45 861封来信中，只有一位名叫蒂勒的小女孩的答案和巴拉昂锁在保险箱里的谜底相同，那就是：穷人最缺的是野心！

这是巴拉昂由一位贫民区的穷少年奋斗到法国媒体大亨的唯一体会和告诫：虽然你现在穷得一无所有，但富起来并不难，只要你有野心，只要你有梦想。

穷人最缺的是野心，那么人生最缺的是什么呢？

肯定和野心一样，是野心的另一个代名词，叫"梦想"！

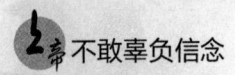

暗处的眼睛

  伊尔·布拉格，是美国一位黑人水手的儿子，他的家境十分贫寒，全靠父亲拼命奔波在大西洋各个港口挣得的微薄薪金艰难度日。在中学学习时，伊尔·布拉格就表现出了他的写作天赋，他积极阅读各种书籍，尽可能地把自己的每一篇作文写好，刚开始时，他常常得到他的一位黑人老师的鼓励，作文经常被老师当作范文在课堂上朗读。从那时起，伊尔·布拉格便有了一个梦想，那就是：长大后做一名出色的记者。

  但不久，伊尔·布拉格便开始遭到接二连三的毁灭性打击，他的新老师是一个傲慢无比的白人，对黑人充满歧视。伊尔·布拉格写的一篇作文，他竟指责是抄袭的，伊尔·布拉格向他辩解说："真的，这是我独立完成的一篇作文，没有参考过别人的文章，更不是抄袭的。"那位白人教师充满讥讽地说："这是连上帝都不会相信的事情，一个肮脏的黑脑袋，怎么能写出这么优美的文字来！"伊尔·布拉格说："虽然我的肤色是黑的，但我的心灵一样善良、一样向往幸福和美好。"

  那位老师勃然大怒，厉声呵斥伊尔·布拉格说："你这贫民区的下等人，你没有资格拥有'美好'、'善良'这些伟大的美好词汇，你要记住的是，所有美好的词汇永远和你无缘！"

  伊尔·布拉格委屈地哭了。

  回到家里，伊尔·布拉格哭泣着对母亲说起了自己的遭遇和委屈，他告诉母亲说，因为自己是黑人的孩子，学校组织的儿童唱诗团从不让他参加，而在教室里，像许多黑人孩子一样，他们的座位总是被排在教室最暗的地方。

  母亲听了，沉默了好一会儿，然后把伊尔·布拉格轻轻拉进屋子里，

她关上门，拉上所有的窗帘，然后只在一个窗子上留一道小缝，屋里一下子变得暗极了，只有那道留下细缝的窗子里射进来一缕金黄的阳光。然后，母亲拉着伊尔·布拉格走到那扇窗子前，问他："孩子，你透过这道细缝看外面，是不是看得更清楚一些呢？"伊尔·布拉格静静向外面望了好久才回答说："是的，妈妈，我现在似乎看得更清楚一些了。"他想了想不解地问妈妈："妈妈，这是为什么呢？"

"这是因为我们站在阴暗的地方。"妈妈说。

妈妈又告诉伊尔·布拉格说，在他们的老家，那一望无际的非洲大草原上，羚羊和野马们并不担心那些站在阳光下的雄狮和猎豹，因为在太阳下，它们往往看不准要追捕的对象。最可怕的是那些躲在树荫下的猎豹和雄狮，因为在暗处，所以它们的眼睛更敏锐，看得更准确，它们可以轻易锁定自己所追捕的目标，并且它们在暗处看准的猎物，差不多都是些幼小或老弱得跑不快的，它们几乎能百分之百地手到擒来，而如果站在明亮的阳光下筛选目标，那结果可就差多了。

妈妈说："孩子，你懂得我所说的意思吗？"伊尔·布拉格点点头说："妈妈，我明白了。"

长大后，伊尔·布拉格果然就像他妈妈所说的那样，站在社会的底层和生活的暗处细心地观察，写出了一篇又一篇令人吃惊的出色新闻作品，成为了美国第一个获得普利策新闻奖的黑人记者，创造了一个美国新闻史上的奇迹。他说："别人称我目光敏锐，看待事情透彻、犀利，那不是因为别的什么，只因为我始终把眼睛睁开在生活的暗处！"

是的，在强烈的阳光下如果你想看得清楚些，你就必须戴上能制造暗影的茶色或黑色眼镜；在炽烈的电光和火光下作业，你就必须戴上黑色的防护镜。不要埋怨自己没有生活在社会的聚光灯下，也不必抱怨自己总是站在生活的暗处，暗处的眼睛才能让你看得更真切些，暗处的眼睛才会让你的人生有更多的发现。

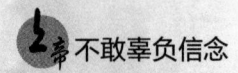

多想一点点

　　魏格纳是20世纪最伟大的科学家之一，他创造的大陆漂移说，是20世纪世界地理史上最伟大的学说之一。这样崭新又伟大的学说，是不是魏格纳付出了巨大的努力才取得的成果呢？不知道魏格纳的许多人都是这样认为的。但恰恰相反的是，大陆板块漂移学说对魏格纳来说不过是一个十分偶然的发现，在发现过程中，并没有什么惊天动地的事情发生过。

　　1910年，魏格纳生病了，他不得不被迫躺在医院的病床上接受治疗。他病房的墙壁上挂着一幅世界地图，醒着的时候，魏格纳就盯着那幅地图来消遣时光，依靠观察那幅地图来打发治疗期那些枯燥而宁静的日子。经过长时间的观察后，魏格纳发现了一件十分有趣的事情：通过地图来看，大西洋两岸好像是互补的，南美大陆巴西东部凸出的部分，和大西洋彼岸的非洲大陆西海岸的赤道几内亚、加蓬、安哥拉凹缺部分十分对应。魏格纳进一步细细观察，他发现如果不是大西洋，那么南美大陆和非洲大陆完全可以拼合成一个天衣无缝的完整大陆。是不是这两块大陆过去就是一个整体，而由于地壳运动被意外地分开了呢？魏格纳陷入了沉思。

　　不久，魏格纳就开始着手对南美大陆和非洲大陆上的地质、古生物进行研究，终于证实了一个令世界地理学耳目一新的理论：大陆板块漂移学说。原本默默无闻的魏格纳也因此一跃成为世界上大名鼎鼎的地理学家。

　　同样的幸运之光也照射在斐塞司博士身上。斐塞司博士非常喜爱宠物，家里经常养着他喜欢的狗和猫。一天上午，和往常一样，吃过饭的斐塞司博士坐在门前晒着太阳打盹，这是他的老习惯了。在他晒太阳打盹时，他的猫和狗就卧在他的脚边，和他一起晒太阳打盹。晒了一会儿，太阳一点一点西移了，房子和树荫遮挡住了照在猫和狗身上的阳光。猫和狗醒了，它们马上爬起来，伸了一个懒腰，又挪到阳光能晒到的地方，惬意地睡着了。

猫和狗追着阳光睡觉打盹，这对于任何人来说都不过是司空见惯的事情，但这却引起了斐塞司博士的强烈好奇心。它们为什么喜欢待在阳光下呢？是因为喜欢光和热，还是阳光能给予它们什么？如果光和热能给予它们什么有益的东西，那么对于人体是不是同样有益呢？

不久，日光疗法就在斐塞司博士的研究下诞生了，斐塞司博士也因此荣获了诺贝尔生理学或医学奖。在得奖致辞中，斐塞司博士说："这个奖项对于我来说是个意外，我并没有做多少工作，如果说我比别人多做了一点什么的话，我承认，自己只不过是比别人多想了那么一点点。"

正如斐塞司博士所说的那样，伟大并非如我们所想的那样高不可攀，许多时候，它并不需要我们付出太多的东西，只需要我们对平常的事物有一颗不平常的心，只需要我们去多想那么一点点。

如果一个苹果落在你的头上，你也能像牛顿那样多想一点点；如果对着一幅世界地图和躺在你脚下晒太阳的猫和狗，你也能像魏格纳和斐塞司一样多想一点点……其实，伟大离我们每个人都不遥远，它只需要当你面对大家司空见惯的事物时，比别人多想一点点。

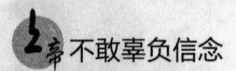

横在心中的木栏

世界短跑名将刘易斯回到他的母校时，他的老师和校友们和他做了一个有趣的游戏：

刘易斯和几个校友被带到一间屋子里，然后被人用黑布一一蒙上了眼睛，他的体育老师跟别的人什么也没有说，只是告诉刘易斯说："这是一场跨栏短跑赛，看看你被蒙上眼睛后能跑出怎样的速度。"

刘易斯问："是否一切都如真的跨栏比赛一模一样？"他的体育老师说："是的，除了蒙在眼睛上的黑布外，一切都和百米跨栏短跑赛一模一样！"

刘易斯和几个校友被蒙着眼睛带到了起跑线上，当发令枪响过后，刘易斯和几个参与游戏竞赛的选手马上跑起来，其他的选手甩开双腿低着头如离弦之箭拼命地向前冲刺，而刘易斯则小心翼翼的。他边跑边随着自己的步伐嘴里不停地念叨着什么，并且在别的选手毫无顾忌地向前奔跑时，刘易斯却每隔几步就要像奔鹿似的高高跃起，像是正在跨越什么，令观众感到十分好笑。

当其他选手早就跑到终点时，世界短跑名将刘易斯却被远远地甩在后面。到达终点后，体育老师要求他们不要马上摘掉自己眼上的那块黑布，老师宣读了各自的赛跑成绩，当然，刘易斯是成绩最差的。体育老师问刘易斯面对如此糟糕的成绩有些什么感想？刘易斯不好意思地说："我没有想到我的校友们百米跨栏水平竟如此高超，因为在比赛中，我没听到一次横栏被撞倒的声音。我更没有想到自己跨栏的感觉竟如此准确，当我在心里暗暗数着自己的步伐，仅凭自己的感觉跨过一次次横栏时，我也没有撞到一次横栏，我为自己的感觉和经验而深感自豪和满意！"

面对洋洋得意的刘易斯，体育老师吩咐刘易斯和其他选手取下脸上蒙着的那块黑布。

取下黑布，看一眼跑道，刘易斯就愣了，因为他刚刚跨栏的跑道上并没有横栏。体育老师微笑着问刘易斯："现在你总该知道自己落后的原因了吧？"

刘易斯说："是的，是因为你告诉我这是一场百米跨栏比赛。"

体育老师听了摇摇头说："不，不是这样，只是因为你的心里有着一道一道高高的横栏，正是这些横栏拉住了你奔跑的脚步。"刘易斯边听边不住地点头，最后，他补充说："还有一条也很重要，那就是我的百米跨栏感觉和经验！"

老师和校友们都为刘易斯热烈地鼓起掌来。

在我们的人生中，我们所遇到的最大障碍，不是那些风雨和坎坷，而往往是经验和常识在我们心灵上搭起的一道道木栏，由于这些横在心灵上的木栏，使我们变得怯懦、畏惧和迈不开脚步。

不可逾越的不是高山，而只是你心灵上的一粒尘埃。只有搬掉心灵上的横栏，我们才能跑出自己生命的最佳速度。

35

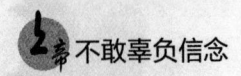

给心灵留下一座花园

在偌大的华盛顿，经营服装和鞋袜的超市和商店有成千上万家，但他能准确知道哪家小店的袜子便宜，差价可能只有两美分或一美分。在方圆数十公里内，他知道到哪家快餐店用餐最划算，因为那家快餐店可以多给顾客一包餐巾纸。

在35岁以前，他购买的东西每一样都是华盛顿最便宜的，他的每一种消费都是全华盛顿最低价的，没有人敢于和他比算计，从衣服鞋袜到修面理发，他付出的报酬都是最低的。邻居和朋友都自愧不如，说他有着计算机一样的脑袋和外星人一样的精明，是全美国甚至全世界的第一算计高手，他也曾为此而洋洋得意过。他，就是曾经大名鼎鼎的算计魔鬼，现在著名的美国心理学家威廉。

但是35岁时，他毅然抛掉了自己的精明，变得大大咧咧起来，和从前相比简直判若两人。在35岁前，他虽说总是事事占尽了便宜，但他的身体状况特别差，看医生、吃药、住院治疗等等全缠上了他，焦虑、失眠、忧郁是他的家常便饭，三十来岁，正是一个人生命朝气蓬勃的黄金时期，但他却未老先衰，简直成了一个风烛残年的老人。他去找一位著名的心理学专家咨询，专家说："这一切全都是因为你太精明，太热衷于算计了。鸡毛蒜皮的小事把你的心给塞得满满的，放不下一点点生活的阳光和欢乐，你怎么能健康得起来呢？"

为了生命，35岁时他毅然改变了自己过去的思维习惯，不再为节省几美分绞尽脑汁了，不再为多得到一包餐巾纸劳心费神了，他读了大量的心理学著作，改行做了一名心理学医生。在给病人提供心理治疗的同时，他开始了一项针对"能算计者"的研究，他的研究发现，对生活利益太能算计的人，实际上都是很不幸的人，这种人心胸常被堵塞，每天只能生活在具体的事物中不能自拔，习惯看眼前而不顾长远。这种人在生活中很难得到平衡和满足，常常与别人闹意见，内心布满了冲突，他们常常掉在一事一物的纠缠里，心情常常是灰色的。这样的人心率跳动一般都较快，是疾病喜欢特别光顾的温床。

威廉自从丢掉了自己内心那些种种算计后，逐渐变得开朗和幸福了，身体状况也有了明显的改观，在他出版的心理学专著《拔掉草，给心灵一座花园》中，写道："生命不能是算计，而应该是享受，心灵里长满太多斤斤计较的杂草，就洒不进快乐和幸福的阳光了，拔净心灵里的生活杂草，你的心灵就会成为一座幸福的生命花园……"

我们拔去了自己心灵里的杂草了吗？我们的心灵现在是一座生命的花园了吗？

是的，珍贵的生命不能是算计，而应该是一种温馨而轻松的享受。

你自己就是圣者

二十多年前的一天，盛名全球的美孚石油公司董事长贝里奇到南非的开普敦巡视美孚石油开普敦分公司的工作。在分公司的卫生间里，他看到一个体格健壮工作卖力的黑人小伙子正在满头大汗地擦地板。贝里奇问这个黑人小伙子："年轻人，你今天的工作是擦地板，那么你今后的梦想是什么呢？"

黑人小伙子听了，十分真诚地回答说："我可不愿意一辈子就当清洁工，我的梦想是，能幸运地遇到一位圣者，然后恳请他为我指点迷津，赐给我一份体面的工作，使我将来能干出一番令人羡慕的事业来。"

贝里奇一听，笑了，他对黑人小伙子说："小伙子，二十多年前我曾来过南非，我曾上过南非的圣山，那时我同今天的你一样，只是一位普通的加油工。但十分幸运的是，在那座圣山上，我遇到了一位圣者，他给了我指点。根据他的指点，我今天才成了美孚石油公司的董事长。据说，只要有人能幸运地见到圣者，他都会前程似锦干出一番事业的。小伙子，你为什么不去请那位圣者给你指点一二呢？"

黑人小伙子听了，喜出望外地说："我明天就去找那位圣者！"

第二天，黑人小伙子天不亮就出发了，他过沼泽、走草甸赶到那座山脚下，然后穿密林、攀悬崖、披荆斩棘，跋涉了一个多月，历尽了艰辛，终于站了白雪皑皑的圣山顶峰，他在山顶苦苦寻找了几天，都没见到圣者。他不甘心就这样空手而归，从山顶下来后，他又走过一道道山脊，越过一道道幽深的沟壑，但令人失望的是，他连圣者的影子都没有看到。黑人小伙子满怀失望地回来了，他找到贝里奇，十分沮丧地说："董事长先生，我已经到过圣山的山顶了，也差不多找遍了圣山的每一个角落，但除了我之外，在

偌大的圣山上，我连一个人，甚至一个别人的脚印都没有找到，更别说找到那位圣者了。"

贝里奇笑了，他问："真的连一个人也没有吗？"

黑人小伙子说："除了我自己，真的没有一个人。"贝里奇意味深长地笑笑说："小伙子，你已经见到圣者了。"黑人小伙子不解地说："圣者？除了我，那山上肯定没有人，我怎么已经见过圣者了呢？"

贝里奇说："你自己就是圣者啊！"见小伙子依然不解，贝里奇说："那么高又那么险峻的雪山，有几个人敢攀到顶峰呢？你能有勇气和毅力不畏艰险地攀上去，你不是圣者谁还能是圣者呢？小伙子，你一定能实现自己的梦想的，只要你能记住：我自己就是圣者！"

二十年过去了，如今，那个黑人小伙子果然成了美孚石油公司开普敦分公司的总经理，他的名字叫贾姆纳。他深有感触地总结自己的成功说："一个人要想干出一番事业来，就必须记住你自己就是圣者！"

相信自己就是圣者，你就有了挑战一切的勇气；相信自己就是圣者，你就有了战胜一切的自信；相信自己就是圣者，你就有了不畏艰险的坚强毅力……

记住，我们自己就是圣者！

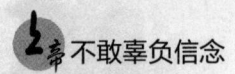

成功只差五丝米

　　莱斯是一位著名的物理学家和发明家，曾研制和发明过不少的东西。在电话机还没有诞生之前，莱斯就想发明一种传声装置，这种装置可以使身处异地的两个人自由地交谈，可以更方便人们的信息传递。

　　根据自己的设想和传声学原理，莱斯经过孜孜不倦的研究，用了两年多的时间，终于研制出一种传声装置，但令莱斯沮丧的是，他研制的这种传声装置，只能传送音乐，却不能用来传递人的声音，不能使身处两地的人们自由地交谈。在经过无数次的改进和试验后，莱斯的这项研究毫无进展，依旧无法传递人的声音，莱斯最终心灰意冷地宣告自己的研究失败了，并得出试验结论说："传声学根本无法解决两地之间话语传递的问题。"

　　和莱斯有着同样梦想的还有另外一位发明家，他是美国人，叫贝尔。听到莱斯研究失败的消息后，贝尔并没有灰心和绝望，他仔细推敲了莱斯的传声装置，在莱斯研究的基础上不断开始新的尝试，他将莱斯用的间断直流电，改用为连续直流电，解决了传声装置传送时间短促、讲话声音多变等难题。但这些都是些微不足道的小问题，莱斯也曾这样设想和试验过，都没有取得成功，贝尔和莱斯一样，试验了很多次，同样遭到了令人沮丧的两个字：失败！

　　是不是真的如莱斯所说的那样，传声学根本无法解决两地之间的话语传递问题呢？贝尔也陷入了困境。一天下午，当绞尽脑汁的贝尔束手无策地坐在试验桌旁，面对着他已改进多次的传声装置发呆时，他的手无意间碰到了传声装置上的一枚螺丝钉，这是一枚毫不起眼的螺丝钉，已经有些微微生锈了，如果不是发呆，贝尔是无论如何也注意不到这枚螺丝钉的。由于贝尔的手指碰到了这枚螺丝钉，并且发现它有些松动，贝尔用手轻轻地将这枚螺丝钉往里拧了半圈，但仅仅因为这半圈，奇迹竟出现了：世界上第一部电话机诞生了！

　　得知贝尔发明了电话机，莱斯马上赶到贝尔的试验室向贝尔表示祝贺并向贝尔请教。贝尔向莱斯一一介绍了自己对莱斯那部传声装置的改进，莱斯说："这些我都试验过。"贝尔摸着那枚螺丝钉说："我将它往里拧了二分之一圈，竟发生了奇迹。"莱斯怎么也不肯相信，一枚螺丝钉多拧或少拧二分之一圈，不过只是5丝米左右微不足道的差距，它能决定什么呢？莱斯半信半疑地将那枚螺丝钉拧松了二分之一圈，奇怪的是传声装置果然没有了声音，他又将那枚螺丝钉向里拧了二分之一圈，那部传声装置立刻就可以传递话语了。

　　莱斯惊呆了，然后痛悔不迭地说："我距成功只差5丝米啊！"

　　5丝米，一枚普通的螺丝钉的二分之一圈，大约只有5丝米，却让莱斯失败了。而恰恰只因为多拧了5丝米，贝尔成了家喻户晓的电话发明家。

　　成功和失败并非是南极和北极之间的迢迢距离，很多时候，它们就并肩站在一起，决定成败的，往往只是你心灵的一点点倾斜。

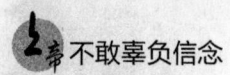

做好一件事

在一次国际作家笔会上，一位奥地利男作家身旁坐着一位衣着简朴、态度谦逊的女士。这是一位沉默寡言又十分小心谨慎的女士，笔会上，她什么也不说，只是入神地静静旁听，听到精彩之处，有时会会心地微微一笑，有时会专注地飞快做笔记。

坐在她身边的这位奥地利男作家想，瞧她那模样就知道，她要么只是前来旁听的文学爱好者，要么就是一位没什么名气和出色作品的女作家。

笔会中间休息时，这位奥地利男作家有些傲慢地问身旁的那位女士说："请问小姐，您希望当专业作家吗？"那位女士笑着轻轻地点了点头。看来她真的只是一名普通的文学爱好者，奥地利的这位作家想。于是他更加傲慢了，以居高临下的口吻说："当一名作家可不是一件容易的事情，尤其是当一名专业作家，这绝不是谁想干就能干的。"接着，他滔滔不绝地卖弄说，做一名专业作家应该读过多少书、应该多么勤奋、应该需要多少毅力等等。任他怎么说，那位女士都没有插一句话，只是微笑着听他高谈阔论。

看她那么谦逊又十分虔诚的模样，这位奥地利作家更加不可一世了，他骄傲地说："我已经出版了500部小说了，可以说是功成名就了，所以被再三邀请来参加这次全球作家笔会。请问小姐，您发表过小说吗？"

那位女士羞涩地淡淡一笑说："发表过，但很少。"奥地利男作家一听更加得意了，又问那位女士说："那么，您出版过一部自己的小说了吗？"

那位女士更加不好意思起来，羞涩地一笑说："出版过一部。"

"哦，仅仅出版了一部吗？"那位奥地利男作家有些不屑地问，稍稍顿

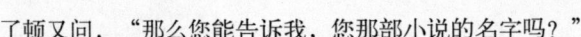

了顿又问，"那么您能告诉我，您那部小说的名字吗？"

"是的，仅仅一部。我的那部小说叫《飘》。"女士很平静地说。"《飘》？"那位奥地利男作家不禁大吃一惊，立刻变得目瞪口呆起来。

这位女作家的名字叫玛格丽特·米切尔，她的一生只做了一件事情，就是创作了自己唯一的一部作品，叫《飘》。如今，在这个世界上没有多少读者不知道《飘》和玛格丽特·米切尔的，但那位奥地利男作家，虽然他写了500多部小说，但我们至今也不知道他叫什么名字。

生命对于谁都是短暂的，谁都没有办法把世界上的事情去一一做完，对于上帝来说，一个人的一生或许只是上帝千千万万件事情中普普通通的一件，与其只是把我们自己的一生堆成沙粒一堆，还不如把自己打磨成钻石一颗。

一生只做一件事情，只要我们能把一件事情做得尽善尽美，也远比把许多事情都做成一堆废品更能让心灵敬仰。一颗钻石，永远比一堆沙粒珍贵。

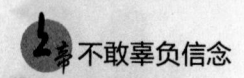

成功，不能等待

19世纪，世界上第一台电报机诞生了。电报的诞生，给世界信息业带来了一场日新月异的革命，当电报诞生25周年的时候，《纽约时报》对这一历史性的发明发表了一个总结性的消息，告诉世人：因为电报的诞生，人们每年接受的信息量是25年前的50倍。

看到这一消息后，当时有至少50个机敏的美国人对此产生了浓厚的兴趣，他们立刻想到创办一份综合性的文摘杂志，遍选精华，使人们能在林林总总的信息中，更加容易和直接地看到自己迫切需要知道的信息。这50个人，差不多都是美国的商界精英和政界人物，他们之中有百万富翁、出版商、记者、律师和作家，甚至还有一位忙碌的国会议员。他们都同时从"电报诞生25周年"这个消息上得到启迪，不约而同地相信，如果创办一份文摘性刊物，一定会拥有很多的读者，创办者百分之百可以从中赚到一笔可观的利润。在不到一个月的时间里，他们都到银行存了500美元的法定资本金，并顺利办理了创办刊物的执照。当他们拿着执照到邮政部门申请办理有关发行手续时，邮政部门却一概拒绝了，邮政部门说："我们从来没有代理过这类刊物的征订和发行业务，如果同意代理，现在也不到时机，最快也要等到明年中期的总统大选以后。"

许多人得到这种答复后，就决定按照邮政部门说的那样，只好等到明年中后期了，甚至有几个精明人为了免交执业税，马上向管理部门递交了暂缓执业的申请。但只有一个年轻人没有停下来去等待，他立即回到家里，买来纸张、剪刀和糨糊，和他的家人马上糊了2 000个信封，装上了一张张的征订单，然后把信送到邮局全部寄了出去。

很快，一本全新的文摘性杂志《读者文摘》就送到了许多读者的手里，并且发行量直线上升，雪片似的订单从四面八方纷纷飞向了杂志社。第二年

中期，当邮政部门终于答应代理发行征订手续时，《读者文摘》通过直接邮购早就在市场上稳稳站住了脚跟。那些当初也曾梦想过办这样一份文摘性杂志的人现在手捧着《读者文摘》都非常后悔，如果自己不是坐等时机，他们也可以办起这样一本风靡全美的畅销杂志的，但恰恰是因为等待，他们丢失了这个千载难逢的机遇。

而没有等待的年轻人叫华莱士，他抓住机遇，创造了世界出版史上的一个奇迹，他创办的这份《读者文摘》经久不衰，到2002年6月，《读者文摘》已拥有了19种文字、48个版本，发行范围遍布全球五大洲127个国家和地区，订户1亿多，年收入达5亿美元之多。

成败就是这样，当相同的机遇同时光顾许多人的时候，有的人在等待时机的成熟，而有的人却马上一跃而起紧紧抓住了机遇。那些从不等待的人成功了，而那些坐等机遇的人，当他们觉得时机已经成熟，准备去抓住机遇的时候，却常常十分后悔地发现，机遇早就成了别人篮子里沉甸甸的果实了。

世界上没有什么成熟的时机，当你隐隐约约看见时机时，时机就应该被你立刻抓住，时机不能等待，就是让它成熟也应该是让它在你的手心里慢慢成熟，否则，你的等待，只不过是给别人创造了夺门而入的机会。

时机就是现在，成功不能等待。

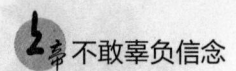

站着的高度

一天，大仲马得知他的儿子小仲马寄出的稿子总是碰壁，便对小仲马说："如果你能在寄稿时，随稿给编辑附上一封短信，或者只是一句话，说'我是大仲马的儿子'，或许情况就会好多了。"

小仲马固执地说："不，我不想坐在你的肩头上摘苹果，那样摘来的苹果没味道。"年轻的小仲马不但拒绝以父亲的盛名做自己事业的敲门砖，而且还不露声色地给自己取了十几个其他姓氏的笔名，以避免那些编辑把他和大名鼎鼎的父亲联系起来。

面对那些冷酷而无情的一封封退稿信，小仲马没有沮丧，仍在不露声色地坚持创作自己的作品。他的长篇小说《茶花女》寄出后，终于以其绝妙的构思和精彩的文笔震撼了一位资深编辑。这位知名编辑曾和大仲马有着多年的书信来往。他看到寄稿人的地址同大作家大仲马的丝毫不差，怀疑是大仲马另取的笔名，但作品的风格却和大仲马的迥然不同。带着这种疑问，他迫不及待地乘车造访大仲马家。

令他大吃一惊的是，《茶花女》这部伟大的作品，作者竟是大仲马名不见经传的年轻儿子小仲马。"您为何不在稿子上署上您的真实姓名呢？"老编辑疑惑地问小仲马。小仲马说："我只想拥有真实的高度。"

老编辑对小仲马的做法赞叹不已。

《茶花女》出版后，法国文坛书评家一致认为这部作品的价值大大超越了大仲马的代表作《基度山伯爵》。小仲马一时声名鹊起。

真正的伟人是不需要给自己找垫脚砖的，一个坐在别人肩膀上的人再高，也没有他自己站着的高度高。

第二辑

可 能 的 ， 才 是 最 美 的

人生的疑问

著名哲学家维特根斯坦在剑桥大学学习时，曾是大哲学家穆尔的学生。

在穆尔授课期间，维特根斯坦是最令他头疼的学生。维特根斯坦总有问不完的问题。一堂哲学课常常会被维特根斯坦的种种疑问弄成了答疑课。甚至在休息时间，维特根斯坦也会紧跟着老师穆尔。在剑桥大学，维特根斯坦是一个有名的"问题篓子"。

有一天，穆尔的朋友、著名哲学家罗素登门和穆尔闲聊，他问穆尔："谁是你最出色的学生？"

穆尔毫不犹豫地回答说："是维特根斯坦。"

罗素问："为什么呢？"

"因为在我所有的学生中，只有维特根斯坦老是有一大堆学术上的疑问。"穆尔回答说。

十几年过去后，维特根斯坦在哲学界的名气不仅远远超过了自己的导师穆尔，而且也超过了大哲学家罗素。这时，穆尔拜访罗素问："知道我们和维特根斯坦比较起来，我们为什么落伍了吗？"

罗素听了，静静思忖了一会儿，回答说："因为我们提不出疑问了，而维特根斯坦却还有一大堆的疑问。"

负重，才不会跌倒

一艘货轮卸货后返航，在茫茫的大海上，他们突然遭遇了前所未有的巨大风暴。狰狞的海浪和疯狂的暴风一次次席卷着这艘货轮，把货轮一会儿抛到浪尖上，一会儿又甩到浪谷下，时刻都有船翻人亡的危险。

惊慌失措的船员和水手们都脸色苍白地团团围住老船长，求老船长马上想出一个脱险的办法来。船被飓风吹打得歪过来又歪过去，咆哮的海水哗哗地溅到甲板上。老船长思忖了片刻，果断地下达命令说："打开所有的货舱，立刻往货舱灌水！"

几位年轻的船员和水手们担忧地说："风暴这样厉害，海浪又这么高，货舱里什么也没装我们已够危险了，如果再把货舱里灌满了水，增加了货轮的载重，我们不就更危险了吗？"老船长看了他们一眼说："大家谁看见过根深体重的树被暴风刮倒？"船员和水手们想了想都摇摇头。老船长说："这样的树是不会被暴风刮倒的。而被暴风刮倒的往往是那些根浅体轻的树。就像人，背负重物的人常常不会跌倒，跌倒的，常常是那些两手空空的人。因为他们没有负重，所以也就没有了站稳的强大力量。"

船员们半信半疑地打开了所有卸空的货舱，立刻拼命地往货舱里灌水。随着货舱里的水越来越满，暴风虽然依旧那么疯狂，巨浪虽然依旧那么猛烈，但货轮却渐渐平稳了，像在海水中扎下了坚实而沉稳的根。老船长告诉那些松了一口气的水手："一只空木桶，是很容易被风打翻的。如果把它盛满水，增加了它的载重，那么再大的狂风，也打不翻它了。"老船长顿了顿说："有经验的水手都知道，在船上装满沉重货物的时候，是最不用担心风高浪大，是出海最安全的时候，恰恰在你空船的时候，才是风浪最容易把船打翻的时候，才是最危险的时候。负重才会沉稳，才会安全。"

人生何尝不是这样呢？

　　那些胸藏大志、满怀抱负的人，沉重的责任感时时刻刻压在他们的心头，砥砺着他们人生的坚稳脚步，他们从岁月和历史的风雨中脚步坚定地走了出来，成为了岁月和历史中磐石般的丰碑。而那些空耗时光的人，他们像没有盛水的空木桶，往往一场人生的风雨就把他们彻底打翻了。

　　给我们自己加满"水"，使自己负重，这样我们才能站得更稳，才不容易被人生的风雨打翻！

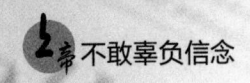

只能陪你一程

一个年轻人整天游手好闲，他交了一大帮和他一样的朋友，他们在一块儿打牌、在一块儿喝酒、在一块儿整天地东游西逛。

年轻人的父母十分焦急，他们苦口婆心地劝这个年轻人说："你这样浑浑噩噩怎么行呢？你这样会把自己毁了的。"年轻人一点儿也不在乎地说："我这样怎么不行呢？吃喝生活由你们管，有小困难了有那么多朋友，我用得着那么劳心费神吗？"

父母和左邻右舍都对这个年轻人感到失望。

一天，年轻人的伯父从远方回来了，父母对年轻人的伯父说了年轻人的事情，伯父是个教授，他听了笑笑说："好吧，让我来试一试劝劝他。"在年轻人家里吃饭时，伯父千方百计地劝年轻人喝酒。年轻人也仗着自己的酒量，伯父劝，他就喝，喝到半夜时，他已经有些露出醉态了。伯父见火候到了，就示意撤下酒菜，然后向年轻人一家告辞，要回他下榻的旅馆去。

年轻人陪着父母把伯父送到了楼下，说罢客套话后，年轻人就要转身上楼去。这时伯父喊住年轻人说："孩子，你不送我一程吗？"年轻人想，伯父多年不回来，是该送伯父一程的，于是就陪着伯父走了起来，但走了很远的路，伯父并没有请年轻人转身回去的意思，眼看快要走到伯父下榻的旅馆了，伯父也没有请他止步。年轻人没办法，只好陪着伯父一直走到了那家旅馆前。伯父在就要跨进旅馆的时候像是突然想起了什么，不好意思地笑笑对年轻人说："让你送了我这么远，你回吧，我送送你。"年轻人推辞，伯父不容分说地送年轻人往回走。走了一程，年轻人说："伯父，您已经送我一程了，请您止步吧！"伯父说："你送了我那么远，我再陪你走一程吧！"

年轻人无奈，只好让伯父陪自己走。

走了一程，年轻人又请伯父止步，可伯父固执地说："你从家里送我走到了旅馆，就让我从旅馆送你回到家里吧！"看着伯父固执的样子，年轻人没办法，只得让伯父陪他又走到他家的楼前。

到了楼前，伯父告辞又往旅馆走，年轻人想想，又回过头来送了伯父一程，眼看已经走得很远了，伯父还没有让他回去的意思，年轻人终于耐不住了，抱歉地对伯父说："伯父，我就送你到这里了，请您慢点走！"不料伯父却火了，冲年轻人吼道："你怎么不懂礼貌呢？我这老胳膊老腿的能从旅馆把你送回来，你年纪轻轻的难道就不能把我送回去？不行，你把我送到旅馆去，一会儿我再把你送回来！"

年轻人说："伯父，这样送来送去，难道咱俩今夜不休息了？送人嘛，只送一程就够了，哪有这样无休无止送来送去的？"

"只能送一程？"伯父说，"原来你懂得这个道理啊，那么我问你，你的父母还能在生活里陪你走多远？你的亲朋好友能在生活里陪你走多久？孩子，没人能陪你走过人生的全部路程的，有许多路都需要你一个人自己走啊！"年轻人明白了伯父的苦心，十分惭愧地对伯父说："伯父，我明白了！"

是的，没有人会陪你走过你人生的全程的。你的父母只能陪你走过人生的一段，你的朋友也只能对你说"走好，我就送你这么远了"，你的兄弟姐妹也会在成家后对你说"没办法，我只能陪你走这么一程了"。

人生的全程有许多是注定要一个人走完的，所以要记住，没有人是能让你一生一世去依靠的，一个人能永远依靠的只会是他自己。

谁都只能送你一程，许多的路是注定要让你一个人去走的。

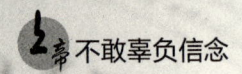

付出和回报

一个年轻人，准备在他家所在的那条街上开一家商店，他向自己的父亲寻求帮助说："我想在咱们这条街上开店赚钱，得先准备些什么呢？"

他的父亲想了想说："咱们这条街商店已经不算少了，但门面还有的是，你如果不想多赚钱，现在就可凭两间门面，摆上货柜，进一些货物开张营业。如果你想多赚钱的话，就先得准备为这条街上的街坊邻居们做些什么。"

年轻人问："我先做些什么呢？"

他的父亲想了想说："要做的事很多，比如街上的树叶很少有人打扫，你每天清晨可以将街上的落叶扫一扫，还有邮递员每天送信，有许多信件很难找到收信人，你也可以帮忙找一找，然后将信及时送给收信人，另外还有许多家庭需要得到一些小帮助，你可以顺便帮他们一把……"

年轻人不解地问："可这些跟我开商店有什么关系呢？"他的父亲笑笑说："如果你想把自己的生意做好，这一切都会对你有帮助，如果你不希望把生意做好，那么这一切也许对你没有多大的作用。"

年轻人虽然半信半疑，但他还是像他父亲说的那样去一一做了，他不声不响地每天打扫街道，帮邮递员送信，给几家老人挑水劈柴，谁遇到困难需要帮助，年轻人听说了就马上去。不久，这条街上的人们都知道了这个年轻人。

半年后，年轻人的商店挂牌营业了，让他惊奇的是，来购买东西的人非常多，远的、近的，差不多一条街上的街坊邻居全都成了他的客户，甚至街

那边的一些老人，舍弃距他们较近的门店而不入，拄着拐杖，很远地赶到他的商店里来买东西。他惊讶地问他们："你们家门口就有商店，怎么却要舍近求远呢？"

他们笑笑说："我们都知道你是个好人，来你的店里买东西，我们特别放心。"后来，他送货上门，遇到一些暂时困难的人家，他总是先让他们取需要的货物，等什么时候人家有钱了，再来给他还上，知道有人遭遇了不幸，他会主动登门去帮助他们。

几个月后，邻街上的许多人也纷纷拥到他的店里来买东西，又过了一年多，全城人都知道了他的小店，都一齐拥来了，于是他在另外一些街道上开起了一个个分店、连锁店，生意越做越大，钱当然也越赚越多，仅仅几年的时间，他就从一个不名一文的年轻人，摇身变成了一个拥资千万的企业家。

有一天，记者采访他，问他短短几年为什么能有如此大的收获时，他想了想说："因为在学会收获前，我先学会了付出！"

是啊，农民在收获谷物前，他们已付出了耕耘；一棵树在结出果实前，它已付出了绿叶和花朵；蛹在成为美丽的蝴蝶前，它已付出了孕育和蜕变；河流在成为大海前，它已付出了跋涉和汇聚……

想要收获，必须先学会付出。

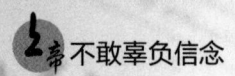

人生的急停

上中学的时候，我酷爱打篮球，由于身高、运动能力都不错，很快就被选入了学校的篮球队。

进了篮球队后，并不像我以前期望的那样，马上就练习运球和投篮。教练先让我们练习急停。"急停"是一个篮球术语，就是让人在高速奔跑的状态下，突然稳稳地站住。这是一个并不轻松的训练项目。让人在一刹那结束自己的高速运行，同让一辆正高速奔驶的列车突然停下有什么不同呢？惯性的力量实在太强大了，刚开始练习急停时，我们不是在教练出其不意地喊"停"时跑出了几米方才停下，就是一个个刹不住步子被摔得人仰马翻。我们实在想不明白，急停在篮球运动上能起到什么作用。于是，我们去问篮球教练。教练听了，跟我们解释说："篮球运动不仅仅是奔跑和力量的运动，更是一种急停的运动，不会急停就可以说是不会打篮球，不会急停就没有篮球场上的敏捷和灵活。"教练问我们："当你们正徒手快速奔跑时，球传来了你们如何接到？如果不是急停，结果只有两种，一是接不到传球，二是奔跑的惯性使你们带球违规移步。当你们运球快速前进时，突然你们前边跳出一个拦截者，如果不会急停，不能靠急停迅速灵活地改变你运球的方向，你们手中的篮球不就被对方抢走了吗？"

果然像教练说的那样，一个多月的急停练习后，我们在篮球对抗上迅速变得敏捷和灵活了，篮球技艺有了明显提高。

几年后，我到驾校去练习汽车驾驶，教练是个资深的老驾驶员，刚教会我们启动汽车，就开始让我们练习紧急刹车，我们不满地说："我们眼下连车都开不快呢，哪能用得上紧急刹车？"

教练严厉地说："不会紧急刹车，就绝不允许驾驶汽车，这世界上，

有多少交通事故不是刹车不当引起的？刹车刹得好，少走一米还在天堂，多行一步就是地狱啊。"教练接着跟我们讲他的一次驾驶历险：他年轻时，在青藏线上行车，在一个急转道，方向刚刚扭转，突然发现自己脚下就是万丈悬崖，他猛力一踩脚刹车，吱的一声，载着沉重货物的货车在强大惯性下只颤了两颤，便稳稳地停下了。

他下车一看，前车的车轮有一半已经悬空了，吓得他出了一身的冷汗。后来，有同行告诉他说，在那个地方，不知有多少司机葬身深渊了，是他娴熟的紧急刹车技术，让他在地狱的门槛上停了下来。

教练严厉地告诉我们说："一个好的司机，须有两种拿手的本领，一个是娴熟的驾车技术，另一个就是紧急刹车！"

人生何尝不需要这种急停呢？在发觉自己走错了路时，如果你能痛下决心予以急停，那么你人生的车轮就能在生命的悬崖边停下，使你不会沉入悔恨的泥沼。如果没有人生的急停，生活的惯性将使你越滑越远，最终你将滑进错误的深渊。

要使我们的人生能化险为夷，你就必须学会人生的急停！

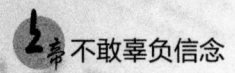

这都会过去的

那时，他十分落魄，许多人见了他，连话都懒得跟他说。他去求亲戚，亲戚们都摇摇头说："我们是泥菩萨过江，连自身都难保，哪还能伸出手来帮助你呢？"

世态的炎凉，让他心中仅剩的那一丝暖意也随风散尽了。他走投无路了，决定一死了之。但在离开这个世界之前，他要最后去见一个人，那人是他过去的一个朋友，平时不怎么说话，也不怎么爱笑，总是一副平平淡淡的样子，但心地却很好，需要他帮忙时，不用去向他求助，不知什么时候，他已经默默伸出手在帮助你了。

忍饥挨饿走了几百里路，他找到了自己的那位朋友。朋友住的房屋也很破，穿着也很旧，一眼就能看得出，朋友的处境并不比自己好多少。坐在朋友家里，他痛哭流涕地向朋友哭诉自己的困苦、哭诉世态的炎凉，他哭了半天，朋友只淡淡安慰了他一句话："这都会过去的。"

告别朋友时，朋友塞到他手里一卷钱，拍了拍他的肩膀说："别想那么多，这一切都会过去的。"他问朋友："你栏里的猪呢？"朋友说："就它值点儿钱，卖掉了。"

他知道朋友塞给他的，是朋友那头半大的猪换来的全部钱。

他决定不死了，不为自己，不为别的，就为有朝一日能偿还上朋友的那笔卖猪钱。

十几年后，他发财了，有价值千万的家产，还有两家生意红火的公司、别墅、进口轿车，甚至应酬不完的亲朋。他选择了一个春日，驾驶着奔

驰轿车去看朋友。朋友仍然十分贫穷，而且也老了。坐在朋友家的院子里，他绘声绘色地讲自己如何创业，如何挣了上千万的资产，如何挥金如土，那些达官贵人和社会名流如何媚笑着逢迎他。讲了半天，朋友什么话也没有说，只是静静地听他讲，然后淡淡地说了一句："这都会过去的。"

听了朋友的话，他愣了，然后细细想想就变得沉默了。

从朋友那里回来后，他就像变了一个人，不再对手下的员工吹胡子瞪眼了，不再到豪华酒楼里摆阔了，不再对亲朋邻居指手画脚了，他记住了朋友的那句话，"这都会过去的"。

一切都会过去的，包括阴雨与阳光、温暖与寒冷、贫困与富足、欢笑与泪水……艰辛的时候不要绝望，因为困境会过去。成功的时候不要得意，因为辉煌会过去。

"这都会过去的"，请记住这句话。

心灵的温度

教授的一群学生要毕业了，最后一堂课，教授把他们带到了实验室。满头白发的教授说："这是我给你们上的最后一堂课了，这是一堂最简单的实验课，也是一堂最深奥的实验课，我希望你们以后能永远记住这最后一堂课，因为这对你们的一生将十分有益。"

教授说着，取出了一个玻璃容器，又往容器里注入了半容器清水。教授说："这是常态下的水，如果把它倒进一条小溪里，它将能流入大河，然后和许多水一道奔流着涌进大海。"教授把盛了水的容器放进一旁的冰柜说："现在我们将它制冷。"过了一会儿，容器被端出来了，容器里的水凝结成了一块晶莹剔透的冰块，教授说，0℃以下，这些水就成了冰，冰是水的另一种形态，但水成了冰，它就不能流动了，诸如南极极地的一些冰，它们待在那里几千年几万年了，几公里外的地方它们都不能去，更别说是流向大河、流向大海了，它们的全部世界就是它们立足的那丁点儿大地方，我们实在替这种水感到深深惋惜和悲哀啊。

"现在，我们来看水的第三种状态。"教授边说边把盛了冰的玻璃容器放到了酒精炉上，并点燃了熊熊的火焰。过了一会儿，冰渐渐融化了，后来被烧沸了，翻腾出一缕缕乳白色的水蒸气，在实验室里静静地氤氲着、弥漫着。

没过多久，容器里的水蒸发干了。教授关掉酒精炉让同学们看玻璃容器说："谁能说出那些水到哪儿去了呢？"学生们盯着教授，他们不明白这最后一堂课，学识渊博的教授为什么给他们做这个最简单的实验呢？这是他们在初中，甚至在小学时就已经做过的实验，它太简单了，简单得简直让大家谁都懒得去回答。

教授看着那些不愿回答这个幼稚得有些可笑的问题的学生说："水哪里去了？它们蒸发进空气里，流进蓝蓝的天空里去了。"教授微微顿了顿说："你们可能都觉得这个实验太简单了，但是，"教授口气一转严肃地说，"它并不是一个简单的实验！"

教授瞅一眼那些迷惑不解的学生说，水有三种状态，人生也有三种状态，水的状态是温度决定的，人生的状态也是自己心灵的温度决定的。假若一个人对生活和人生的温度是0℃以下，那么这个人的生活状态就会是冰，他的整个人生世界也就不过是他的双脚站的地方那么大；假若一个人对生活和人生抱平常的心态，那么他就是常态下的水，能奔流进大河、大海，但永远离不开大地；假若一个人对生活和人生是100℃的炽热，那么他就会成为水蒸气、成为云朵，他不仅拥有大地，还能拥有天空，他的世界将和宇宙一样大。

教授微笑着望着自己的学生们问："明白这堂最简单的实验课了吗？"

"不，这不是一堂简单的实验课！"他的学生们异口同声地说。

"让你们对人生、对生活的温度最少保持在100℃，这样你们的人生世界才能最大。这就是我这堂实验课的最终结论。"教授微笑着说。

同学们鼓起了雷鸣般的掌声。他们记住了这最后的一堂实验课，他们知道了心灵的温度将会决定一个人的一生，有一些实验看似简单，但简单里却蕴含着丰富的人生哲理。

谁能忘记这最后的一堂实验课呢？人生的课，人们会用一生去铭记。

你只要有一手

一群人站在北京某外国使馆前等待签证，他们有要去留学的，有要去经商的，也有要去移民和旅游的。

他们当中有一位挥金如土的百万富翁，也有一位从陕北赶来的农村老大娘，那位富翁是准备移民海外的，他做生意赚了不少的钱，现在他年过六旬了，感到身心十分疲惫，他想移民到另一个国度去，买一幢幽静的别墅，寻一片有林有水的地方，然后悠闲地安度自己的晚年。这不是他第一次来申请签证了，在此之前，他已经先后来过十几次了，但都被负责办签证的签证官冷冷地拒绝了。上次申请签证时，那位外国签证官曾问他有什么专长，他想了好久，还是摇了摇头，他实在想不明白自己有什么可称为专业或特长的，年轻的时候他曾痴迷过美术，但不久他就把画笔扔了。几十年来，除了赚钱，真的是什么特长也没有。他站在等待的长长队列里，心里忐忑不安，他希望当自己又一次站在那位签证官面前的时候，那位面无表情的签证官能够轻易认出他来，为他的锲而不舍而感动，从而给他办签证。

他问站在自己前边的那位农村老大娘说："你会英语吗？"老大娘不好意思地摇了摇头。他又问："那你有什么专长吗？"老大娘不好意思地摇摇头说："我一辈子只是种地和照料孩子，不知道啥叫专长。"他十分同情地对老大娘说："那你申请签证肯定会十分困难。"老大娘想了想说："但我也有一手绝活，就是剪窗花。我们老家方圆几十里的人都知道我，年轻人结婚贴窗花、小孩子过周岁生日绣肚兜扎虎头鞋，很多人都找我给他们剪样纸。"他一听，觉得很好笑，剪纸？剪纸怎么能算专长呢？

听了他的提醒，那位老大娘很兴奋，她从自己的口袋里摸出一张红纸来，高兴地说："刚好口袋里带着一张红纸呢，一会儿我就可以当场剪给他们看。"

终于轮到老大娘了，当签证官面无表情地询问这位老大娘会什么专长时，老大娘立刻从口袋里掏出那张红纸，先把那张纸朝签证官亮一亮，然后便熟练地折叠了又折叠，伸开五指轻轻撕起来，不一会儿，当那张红纸又展开时，已是栩栩如生的一张剪纸画了，画上有一朵莲花、几片荷叶，荷叶下面是一尾尾妙趣横生的小鱼。签证官目瞪口呆，兴奋地说："你是一位了不起的美术大师，了不起，你真是了不起！"边说边为这位大娘办了签证。

目瞪口呆的不仅仅是那位十分傲慢的签证官，还有老大娘身后的那位富翁，当然，他又被那位签证官拒签了，回到家里，他十分感慨，没想到，乡下人的剪纸居然也能被签证官视为一种专长。

是的，不管你的工作是什么，也不管你生活在哪一个阶层，但要改变自己的命运，你就要有自己与众不同的一招，你就必须有一手。自己有与众不同的一手，你就有了改变自己命运的契机。

母爱如盐

一个年轻人负气出门远游，其实很不值得，他不过是被自己的妈妈轻轻责备了两句而已。但年轻气盛的他，却没有告诉一声自己的家人，就一个人悄悄离家出走了。

一天，年轻人来到一个偏僻的小山村，他又冷又饿，已经整整四天没有吃到东西了，在泥泞的村口，他双眼一黑，昏倒了。

醒来的时候，他躺在一个温暖的床上，额头上放着一条浸了温水给他降温的毛巾，一个头发花白的老大娘，正坐在床边给他一勺一勺地喂姜汤。可能是担心姜汤太烫，每当喂他前，老大娘总是轻轻地对着汤匙吹几口气，然后才小心翼翼地一口口喂给他喝，看着老大娘那一副慈爱的模样，他的鼻子蓦然酸了，两颗晶莹的泪珠慢慢涌上了他的眼角，他哽咽着对老大娘说："大娘，谢谢您！"老大娘笑眯眯地说："醒来就好，出门在外的，哪用这么客气呀。"

夜里，窗外飘着鹅毛大雪，他刚刚闭上眼睛想甜甜地睡去，忽然听见门吱的一声轻响，老大娘蹑手蹑脚地进来了，轻轻给他掖了掖被角。看着额上落满雪花轻手轻脚生怕惊醒了他的老大娘，他终于忍不住哇的一声哭了起来，紧紧拉着那位老大娘的手说："大娘，非常谢谢您！"接着，他便如实告诉了老大娘自己离家出走的缘由。老大娘静静听完他的话，怜爱地叹息一声说："你真是个傻孩子呀！"老大娘顿了顿对他说："我只不过就为你做了一顿饭、掖了一次被角，你就这么地感激我。可是有人给你做了记不清多少次的饭，给你掖过了几千次被角，可你感激过她一次吗？"给自己做过数不清多少次的饭，给自己默默掖过了几千次被角？这个人是谁呢？他怔住了，不解地望着站在床边的老大娘。

老大娘笑着对他说："这个人就是你妈妈呀。"老大娘问他："你妈妈为你做了那么多，可你曾对她说过一句谢谢了吗？"

他愣住了，是的，妈妈为自己做了那么多，付出了那么多，自己真的至今连一声谢谢都没说过。愧疚的泪水渐渐涌满了他的眼眶，为眼前这位萍水相逢的老大娘，更为那一个神圣而温暖的词语：妈妈。

我们曾经感激过许多相识或不相识的人，我们曾经为一件件的事情而心存感激，但我们谁曾对自己的妈妈由衷地说过一声"谢谢你"呢？

妈妈的温暖就像阳光，沐浴其中我们却从未想到过感激。妈妈的慈爱就像最细碎而晶莹的盐粒，我们一日三餐安然品味着它的芳香，却在菜肴里从没看到过盐粒的光芒。

母爱在我们的身边时时荡漾，就像盐粒入水。它那么默默无闻地滋养着我们，我们却永远不曾留意过它。

推荐自信

林丹毕业的时候，她的老师刘森教授对她以及另外十几名女学生说："我过去的一个老同学兰珍女士如今是澳籍华人，若干年前下海经商，现正在深圳投资经营一家很有名气的公司。前些天我们通电话时，她说，她的公司最近准备招聘几位女文员，大家如果愿意应聘，可以准备一下，过几天就可以去深圳面试。"

女生们一听，都欢呼雀跃，兴奋得一脸灿烂，她们听说那个公司挺大的，还听说公司的经营情况以及员工的待遇都不错。能在那个公司里做文员，尝一尝当白领的滋味，或许正是这些涉世未深的女生梦寐以求的。

为了能敲开进入公司的大门，聪明的女生们一个个私下央求刘森教授："您给我写封推荐信吧，让您的老同学在招聘时关照关照。"刘森教授架不住这些女学生的软磨硬泡，逐个给她们写了既实事求是又言辞恳切的推荐信。但让他最感诧异的是，自己最得意的门生林丹却没有来找过他。刘森教授当然不会不帮自己的高徒林丹一把，送这群学生上车时，刘森教授特意叫住林丹，主动把一封推荐信塞到她的手里说："带上它，也算是一个护身符吧。祝你好运！"林丹迟疑了一下，接过推荐信装进口袋里，向刘森教授郑重道了一声"谢谢您"转身上车了，同那群又说又笑小鸟一样叽叽喳喳的女同学一起南下了。

到了深圳，她们很顺利就找到了那家公司，纷纷给公司总裁兰珍女士打电话，说："我们是刘森教授的学生，有幸前来应聘，并有刘教授的亲笔信需要交给您。"兰珍总裁很客气："我与刘教授已经通过多次电话了，感谢大家对本公司的厚爱，希望面试时你们都能有出色的表现。"接下来，同学们果真一个个如愿将推荐信交到了兰珍总裁的手里，只有林丹踌躇不前，思忖了半天最后还是没有递上已经掏出的那封推荐信，而是将它又夹进了自己

随身携带的一本书里。

招聘会如期举行，应聘者中除了她们这群彼此相识的同窗外，更有大批不相识的陌生面孔。大家一个个都很自信，似乎自己马上就要坐在公司那豪华而典雅的写字楼里，成为一个令人羡慕不已的外资企业的白领丽人了。同学们七嘴八舌埋怨林丹说："你怎么这么死心眼儿？放着推荐信不用，放着阳光大道不走，还不是等着聘不上吗？"林丹只是淡淡一笑说："顺其自然吧。"

招聘会由兰珍总裁亲自主持，秩序井然，一个个应聘者走到应聘台前，对主持人做了一番自我介绍，并领到一张十分简单的表格。同来的那群女同学都十分轻松地完成了应聘程序，当然，还有许许多多从其他地方来的年轻人，只有林丹是最后一个走到应聘台前的。

主持招聘的兰珍总裁问："小姐姓名？"

林丹说："我叫林丹。"

林丹？兰珍总裁抬起头仔细打量了一下面前的林丹，问："从武汉来的吧？"林丹点了点头。

兰珍总裁又问："刘森教授托你交给我的信为什么迟迟没有交给我？是弄丢了吗？"

林丹摇摇头说："信还在我身上，没有丢。"

兰珍总裁佯装不解："那你为什么不及时交给我呢？"见林丹没有回答。她又语气平和地补充说："如果你现在把它交给我，也不算太迟。"

林丹说："很抱歉，我并不想把它交给您。"

"为什么？难道你不知道这封信会给你的这次求职带来很大的帮助吗？"兰珍总裁笑着问。

林丹说："我只想依靠自己的实力，并不希望得到什么关照和帮助。"

"哦，"兰珍总裁赞许地对林丹点了点头，高兴地说："不愧为刘森的高徒，果

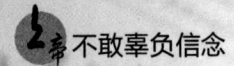

然名不虚传！林丹小姐，我恭喜你成为了我们公司的一员！"

如今，林丹已是兰珍总裁的高级助理了，她的才华在工作中进一步得以展现，受到兰珍总裁的赏识。兰珍总裁有一次闲聊时告诉林丹："如果你那次也把那封推荐信给我，或许你也会像你的那群同学一样不被录用的。我这个人其实挺怪，我看重一个人的实力，更赏识一个人的自信，自信心才是最好的推荐信！"

林丹现在还保存着刘森教授交给自己的那封推荐信。她一直没有拆开过，但她知道那信里的内容是什么。她珍爱那封信，像珍爱自己的一段青春故事。

自信是实力的流露，自信是心灵的勇气，自信是芬芳的花蕊，拥有自信，就会拥有一个人生的春天。

幸运的疼痛

一个中年人忽然偏瘫住院了，这让他的家人和朋友都很焦虑。

病人脸色很好，心脏、脉搏都正常，但就是左半边身子、左腿和左胳膊没有了知觉，一动也不会动不说，用手掐他都没有感觉。

病人很忧郁，有个父亲带着小孩去探望他，小孩在病房里大声喧哗，于是，小孩的父亲伸手去拧小孩的脸，顿时，小孩疼痛得尖叫起来。病人叹了口气说："我真羡慕你的孩子啊！"

有人问："羡慕小孩子们的天真无邪？"病人摇了摇头。

有人问："羡慕小孩子们的无忧无虑？"病人又摇了摇头。

又有人问："是羡慕小孩子们如花的年龄？"病人还是摇了摇头。

长叹了一声，病人两眼涌满了泪花说："我只是羡慕小孩子们那么敏感的疼痛啊！"大家一听，都愣了。在这个世界上，有羡慕金钱的、羡慕美酒的、羡慕鲜花的，有那么多值得羡慕的东西而不去羡慕，怎么会有人羡慕疼痛呢？

病人见大家不解，便叹口气解释说："我这种偏瘫病，治来治去，不过就是为了能让自己重新再站起来，如今我这半边身体没有一点知觉，如果它能感觉到疼痛，那么我就康复有望了。"

是啊，生命惧怕麻木，但生命庆幸疼痛。心灵也是，麻木就意味着死亡，而疼痛则象征着新生。

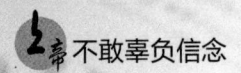

归 零

我曾去采访过一位长跑运动员，问他能在比赛中取得骄人成绩的秘诀是什么，他闭上眼略略思忖了一会儿说："是归零。"

归零？见我们不解，长跑运动员取出一台袖珍计算器说："不论你能用按键按出多大的数字，但要重新开始，你必须得先归零。就像我们在环形体育场上，不论你过去得过多少次奖牌，也不管你的长跑纪录多么令人望尘莫及，但要重新角逐奖牌，你就必须站在零点线上，归零，然后从零开始。"也曾去采访过一位成功企业家，再三向他追问他不败的法宝是什么，这个年过花甲的老人静静思忖了好久，才叹口气说："我给你讲一则故事吧！"

他说，那是他第一次坐上董事长兼总经理的宝座时，那时他二十来岁，十分年轻，可以说是风华正茂的时候。那时，他意气风发，有一连串缤纷多彩的瑰丽梦想，加上父辈留下的亿万资产，他壮志满怀，认为这世界上没有他干不成的事情。他父亲知道了他的心思后，什么也没说，只在一张纸上给他画下一个大大的零说："这是我要送你的。"他盯着那幅画想了几天，但怎么思索，也悟不透父亲那个零的意思。他向父亲讨教，父亲说："把我留给你的一切看成零，把你自己刚刚要开始的人生看作零，你发觉你现在有什么？"

他沉思了片刻，恍然大悟说："我什么也没有，我只有一个零。"认识到自己是零后，他顿然十分谨慎了，他知道自己的公司拥有亿万资产，但那是父亲留下的，对他自己则是不折不扣的零。他知道他家的这个公司声名远播，但他更知道，那一切辉煌都是属于父亲的，而对于他自己，也只是个零。

几十年来，不管自己多么成功，也不管自己多么失败，他都时时记得一切先归零。把成功归零，所以他不曾为成功骄傲过；把失败归零，所以他不曾因失败而气馁过。不骄傲、不气馁，他就这么一步一步地坚实走着自己的人生，终于用一块一块成功的砖，给自己筑起了一座成功的巨塔。

他现在很老了，但他仍然坚持自己的"归零"哲学，时时都觉得自己是在重新开始，所以他生活得很从容也很稳健。他笑着说："对于明天，我们的一切都是零，所以天天都要从零开始！"

后来，我偶然在电视上看到一个美国航天科学家的谈话节目，当记者问这位科学家对于自己呕心沥血，现在即将飞向宇宙并且前途未卜的航天飞机，自己最想说的最后一句话是什么时，这位科学家沉思了半天，才泪光盈盈地抬起头说："归零！"归零？不仅许多电视观众，就连那位正在采访的女记者也愣了，直到那位科学家缓缓解释说："所谓归零，就是祈祷它从我们地球出发，遨游太空，完成在木星上的所有工作，然后平安地回到我们这个星球上来！"原来他的归零是祈祷一次伟大的圆满啊！

在目标远不止一个，旅程远不止一段的缤纷而漫长的人生中，我们曾经让自己的失败和成功、欢笑和泪水一次次及时归零了吗？让失败及时归零，那么你就不会有人生的雨雪阴影；让成功及时归零，那么你就不会有人生的自大和傲慢……

让人生中的所有事情及时归零，那么你便会拥有一个个圆满的结果，和一个个充满憧憬和希望的崭新开始！

把自己的牌打完

一个年轻的英国赌徒，打牌总是输，他十分生气，慨叹自己的命运不济，慨叹自己的手气不好，慨叹自己的技不如人。输到家徒四壁时，他决定再也不赌了。但在金盆洗手前，他决定带重礼去拜见城南那个大名鼎鼎的赌王，请赌王告诉自己为什么总是输。他去了，带了十分贵重的礼物，赌王会见了他。他痛哭流涕地请教那位赌王说："我原本有万贯家产的，可仅仅几年，就全部输光了。每次打牌，我都是输，没赢过一次。说我智力差吧，我发觉我比许多和我赌牌的人都要聪明；说我命运不济吧，但只要不赌牌，我也还算是幸运的；说是自己手气不好吧，一次两次手气不好有可能，但不能总是没有手气呀！您能告诉我，我是输在了什么地方吗？"

赌王听了，思忖良久无语，最后赌王说："这样吧，我带你去赌场看我赌一把，或许你就能够从中找出自己总是输的原因。赌王驾车带着他到了附近一个十分豪华的赌场，开始赌牌时，赌王让他坐在自己的身边，让他看自己是如何打牌的。看了两局，他觉得赌王的手气也并非如自己想象的那么好。他抽到的牌也不怎么样，甚至比自己抽到的牌还要差。那么是赌王的牌技好吗？他继续看。但两局过后他发现赌王的牌技也不好，有两次甚至出错了牌。他越看越想不明白了，赌王的手气如此差，牌技也没有多么出色，那么他为什么能赢？为什么能成赌王呢？

他坐不住了，几次都想站起来，但他看到赌王那种无论输赢都不急不躁的样子，他又安安静静地继续坐下来看了下去。有一局，他看到赌王手里只剩下两张很小的牌了，这几乎是两张不可能赢的牌，按他自己过去的赌法，早就放牌俯首认输了，他附在赌王耳边说："放牌吧，这一局我们输定了。"赌王不理睬他，依旧泰然自若地握着手中的牌，等到别人把牌亮出来，赌王微笑着打出了自己的牌。

赌王赢了，因为别人的牌比赌王的更小。他傻了一般地看着赌王，连连称奇说："奇迹，真是奇迹啊，这样小的牌您竟然也能打赢！"赌王微微一笑说："不把手里的牌打完，你怎么能知道自己到底是输了，还是赢了？"

他又平心静气地看了几局，其中有好几局都是赌王几乎在山穷水尽时因为他的不认输，才获胜的。他惊讶极了，对赌王说："我终于知道自己输在哪里了。"

赌王问："你说自己输在哪里了？"

他不好意思地说："每当我手中只剩一把小牌时，牌还没打完，我往往就俯首认输了。"赌王点点头说："是啊，牌没打完，你怎么就知道你自己输了呢？输赢都要打完自己手中的最后一张牌，意想不到的奇迹往往都是在最后发生的啊！"

赌王说："在牌局上，当你打出大牌的时候，别人打出的也往往是大牌，你手中的大牌打完时，别人手中的大牌也都差不多已经打完了，那么你有什么理由认定别人手中的牌就比自己手中的牌大呢？没打完手中的最后一张牌，输赢都是未知数，所以任何时候都不要提前认输，都必须打完自己的最后一张牌！"

是呀，没打完自己手中的最后一张牌，我们怎么就能轻易断定自己输了呢？赌局上的牌是这样，我们人生中的牌也是如此。有许多时候，我们并非是输在自己手中的牌有多少，而是输在没有勇气去坚持打完自己手中的最后一张牌。不要提前认输，不要在成败没有最终定论的时候提前放下自己的牌，坚持打完你自己手中的最后一张牌，因为人生的许多奇迹都是在一切似乎都尘埃落定的时候，才出人意料地发生的。

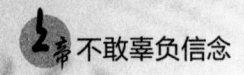

你是一个富翁

有一个朋友，下岗了，生活十分艰难，于是有一天闲暇，他去拜见自己无比敬仰的一位老师，痛哭着向老师倾诉自己人生的不容易和自己生活的种种艰难。他哭泣着说："我太穷了，几乎穷得一无所有，我这样贫穷地生活着还有什么意思呢？我真想离开这个世界啊！"

德高望重的老师默默听完他的哭诉，什么也不说，站起来从一本书里找出一张纸条递给他说："看过这张纸条，你便知道你是不是真的很贫穷了。"

他擦擦眼泪，接过那张纸条，拧亮身旁的台灯，默默看起来，那张纸条上写着：

如果早上醒来，你发现自己还能自由呼吸，你就比在这一周里离开人世的100万人更有福气。

如果你从未经历过战争的危险、被囚禁的孤寂、受折磨的痛苦和忍饥挨饿的滋味……你已经好过世界上的5亿人。

如果你的冰箱里有食物，身上有足够的衣服，有屋栖身，你已经比世界上70%的人更富足。

如果你银行户头有存款，钱包里有现金，你已经身居世界上最富有的8%的人之列。

如果你的双亲仍然在世，并且没有分居或离婚，你已属于稀少的一群。

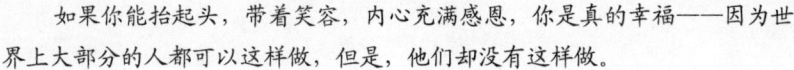

如果你能抬起头，带着笑容，内心充满感恩，你是真的幸福——因为世界上大部分的人都可以这样做，但是，他们却没有这样做。

如果你能握着一个人的手，拥抱他，或者只是在他的肩膀上拍一下……你的确有福气——因为你所做的，已经等同上帝才能做到的。

如果你能读到这段文字，那么，你更是拥有双份的福气，你比20亿没机会阅读的人更幸福。

这个朋友读完，静静思忖了一会儿，揉了揉眼说："我现在还在呼吸着，我已经比那100万人幸运和富有了，因为我还有生命。"老师笑了。

朋友又说："我现在虽然下岗了，但我从未经历过战争的危险，也从未被囚禁过，我是自由的，我拥有自由的生活，我已经比世界上至少5亿人富有了。"老师又笑着说："你在银行里可能没有一分钱的存款，但你有衣服穿，一日三餐有饭吃，有房屋住，你已经比这世界上70%的人更富有了。"

朋友叹了口气笑着说："我现在已经读完了这段文字，我又比另外那20亿没机会阅读的人富有多了。"

老师听了，舒心地笑了。朋友对老师说："老师，你能将这张纸条赠给我吗？"老师笑着点点头答应了，朋友高兴地说："我现在知道自己是个富翁，我比世界上不知多少的人更幸福了！"

朋友把他的这段故事说给我听，把这张纸条拿给我看，我也十分高兴，因为看了这张纸条我才明白，原来自己也是一个富翁。其实你也是个富翁，只是你不知道或把自己的参照物找错了，你有房屋栖身，但你却参照别人的豪华别墅；你一日三餐衣食无忧，但你却参照别人的千金酒宴……

不要总是把目光投在前面，那样你只能看见自己的贫穷，把目光投到你的身后，你就能看到自己的富有和幸福。

幸福往往在我们的身后，向你的身后看一看，你就知道自己是多么富足和幸福了。

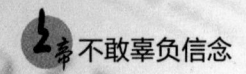

人生的不满

　　古埃及有个国王，王后给他生了个漂亮又聪明的王子，国王欣喜若狂，举国上下也一片欢腾。

　　小王子洗礼的那天，从东方来了十二个天使前来祝贺，这十二个天使每人都带着一件珍贵的礼物。第一个天使走上殿来，唱罢颂诗，对国王说："尊敬的陛下，我献的贺礼叫智慧，拥有了智慧，小王子的一生将不会被任何事情所为难，遇山能开道，遇河能架桥，一生将没有忧愁和烦恼。"国王一听，顿时眉开眼笑，高兴地收下了。

　　第二个天使走上殿来，唱罢颂诗，对国王说："尊敬的陛下，我献的贺礼叫财富，拥有了财富，小王子的一生将富甲四海，会有用不完的黄金宝石、数不尽的奇珍异宝。"国王一听，顿时喜上眉梢，也高高兴兴地收下了。

　　第三个天使献上的是力量，第四个天使献上的是珍贵，第五个天使献上的是英俊，第六个天使献上的是勇敢，第七个天使献上的是健康，第八个天使献上的是爱情，第九个天使献上的是关怀，第十个天使献上的是朋友，第十一个天使献上的是善良，国王都高兴地一一收下了，这时，最后一个天使满脸含笑地走进了殿堂，国王兴奋地说："你是最后一个来进献贺礼的天使，我相信你带的礼物一定是最珍贵的。"

　　这个天使听了，微笑着回答说："是的，尊敬的陛下，我带的礼物可能是最有价值的。"国王迫不及待地吩咐天使说："请你马上让我看看你带的礼物吧！"天使高兴地取出了带来的礼物，但国王一看马上就沉下脸来，原来这最后一个天使的礼物竟是"不满"。

　　国王生气地责备这位天使说："'不满'怎么能算是礼物呢？我的小王

子将来登上王位，权倾天下、富甲四海，他要什么，只要是这个世界上有的，他都可以得到，他喜欢什么，只要是这个世界上可以找到的，我们都可以满足他，他还会有什么不满呢？"

国王毫不客气地拒绝了这个叫"不满"的礼物。

后来小王子长大了，就像老国王期望的那样，他穿上王袍做了国王，他英俊、善良，拥有美满的爱情，体格也十分健壮，但他整天沉醉在美酒笙歌中，不问国事，也不理睬政务，大臣们劝他，他却说："天下这么太平，我已经十分满足了，为什么还要劳心费神呢？"他对一切都十分满足，从来没有过因为不满而产生的雄心壮志，也没有过因为不满而产生的远大抱负，没几年，国事就荒疏了，大臣们也一个一个变得不思进取了，又没过几年，他的国家被一个弱小的邻国完全吞并了。

当他坐在囚车里，要被流放到荒芜的边陲野地时，他才幡然醒悟，这一切，都因为父亲替他拒绝了那个叫"不满"的珍贵礼物啊。

不满是一种心灵的活力，不满是一种进取的动力。有了不满，才有我们对圆满的不懈进取；有了不满，才会有我们锲而不舍的永远奋斗。不满，才是我们人生永恒的起跑线……不满，是人生最珍贵的礼物。

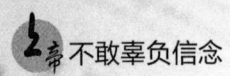

生命的乐趣

　　一个家具公司的老板急需两个技艺高超的木匠，别人向他推荐说，离这里300余里的乡下，有个不太起眼儿的老木匠铺子，那里边有两个身怀绝技的老木匠，如果能把那两个老木匠招来，老板的家具厂就如虎添翼了。

　　老板一听十分高兴，派人乘车到乡下找到那两个老木匠问："听说二位技艺超群，在这个小铺子里干，每月能拿到多少钱呢？"两个老木匠说："我们每月可拿到500元。"

　　这个人一听笑了，对他们说："你们到城里去做木匠，每月最少可领到1 000元，去不去？"这个人想，这两个老木匠肯定会答应的，毕竟多了一倍的薪水呢，并且在这样贫穷的乡下，每月多出500元会是一笔不小的数目呢。但让他没想到的是，两个老木匠眯着眼望了望木匠铺前一望无际的碧绿麦田问："城里能看到这么绿的麦田吗？"这个人觉得这两个老木匠挺可笑，就告诉他们说："城里有红男绿女、有高楼大厦，但就是没有麦田。"

　　"没麦田呀？"一个老木匠说，"那我们就不去。"

　　这个人挺纳闷，去不去城里干活跟城里有没有麦田有什么关系呢？他想来想去，但怎么也想不明白，他请教那两个老木匠，一个老木匠告诉他说："我俩虽说会做木匠活儿，可我们毕竟是农民啊，农忙时下地忙庄稼，农闲时做几件家具，庄稼活儿、木匠活儿两不误，这种日子我们过着踏实。再说，俺俩边看麦田边做木器，已经这样大半辈子了，城里每月多给500元，就是多给1 000元，能天天让我俩看到春种秋收的这乡下的好风景吗？"

　　这个人无奈，只好苦笑着回到城里告诉老板。老板也觉得这两个老木匠挺可笑，但为了能让自己的家具厂如日中天，老板终于自己屈尊到乡下来了。他信誓旦旦向两个老木匠许愿说："如果两位师傅觉得薪金少，那我可以再给你们加！"两个老木匠还是摇着头轻笑不语。

老板最后急了，拉开自己的公文包拿出两沓合同订单在两个老木匠眼前晃晃说："你们怕我给你们这么高的薪金，那活儿不长久是不是？瞧，这些都是合同订单，就那一种家具，咱们三年五年都干不完。"

"啥？一种家具，一做就是三年五年啊？"一个老木匠大吃一惊地问。老板点点头说："对，就一种家具，就够咱们干上三年五年了。"

另一个老木匠说："那我俩就更不会去啦，一种家具就需要泡三年五年，那真烦死人了！"老板一听也纳闷了，这两个老木匠到底是怎么想的呢？

看看纳闷不已的老板，一个老木匠终于开口解释说："我俩能干木匠活儿一做这么大半辈子，就是我俩同一种样式的家具不会重复做上五件，你想，老干同一样活儿，有什么意思呢？之所以我俩如今还在做木匠活儿，做得方圆乡亲都知道，就是我俩一辈子都在忙着设计新样式。"

另一个老木匠说："一个人三五年都把自己泡在同一件事情上，那还会有什么乐趣呢？"麦田风景，不重复做五件以上同样样式的家具……老板终于明白，这两个老木匠是自己怎么也请不到城里去的了。

是的，除了我们的温饱，人生还有许许多多我们所必需的东西，譬如创新、探索、好奇、梦想等等。

因为温饱，并不是我们人生的唯一目的。

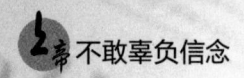

后退的哲学

曾经有朋友给我出了一道题，问："世上三百六十行，有哪一行是常常以退为进的？"想了好多年，一直没有想到答案。

偶然的时候，经过一家正在修建的停车场，见有一群工人正弯腰在铺停车场的地面，每铺好一片，将其抹平后，就向后退一步，他们的前面已经铺了很大面积的平坦水泥地面了。站在路边，远远地望着忙碌的工人，心想：假若他们一步一步地一直向前抹，那么他们每个人身后就会留下自己永远也抹不平的脚印了。而他们面对着自己的成绩一步步后退，那是一种对自己的成绩多么虔诚的敬畏啊。

后来，我到一座寺庙去拜佛，庙里的僧人击罢木鱼、钟磬后，双手合十，低低地弯着腰，从莲花台前一步一步地后退，直到退至大殿的门槛，才缓缓地转过身子不声不响地离去。夜晚我和庙里的禅师坐在树下品茗赏月，问起僧人朝佛做完法事一步一步趋后的事情，禅师笑着说："世上芸芸众生，有谁不知莲花台上的佛像是用泥和碎草塑起来的，寺里的僧人每日给佛像、佛殿净尘，就更知道这些了。僧人要教化众生、普度众生，若在佛像前有丝毫不敬，那些香客还能对佛心生敬畏吗？僧人在佛前一步一步后退躬行，是为了使更多的心对佛敬畏啊。"禅师笑笑说："佛无进退，进亦是动，退亦是动，只求心动。"

几年后经过乡村，恰逢插秧时节，一群农民赤脚绾袖忙碌在明镜般的水田里，见他们躬身弯腰，每插一丛秧，便后退一步，再插一丛又后退一步，他的面前便留下了一行行青青的禾苗来。闲问垄上歇息的老农，老农笑着说："插秧就是要边插边退，若边往前走边插，那秧苗不就被踩得东倒西歪了，那怎么能成行呢？"

退有时也是一种勇敢，退有时也是人生进取的一种谋略和方式。

换一种思维

这是一个很古老的故事：

两家鞋业公司分别派了两个业务员到海外去开拓产品市场。一天，这两个业务员在某个岛国相遇了。到达的当日，他俩都大吃一惊，因为无论是在街头、田园，还是在国王金碧辉煌的皇宫里，他们都没有发现一个穿鞋子的人，这里的人全都赤足，就连雍容华贵的美丽王后都是赤着一双大脚，拖着长裙在皇宫的后殿里走来走去。

他们询问当地的人为什么不穿鞋子，没人理睬他们。偶尔遇到友善一点的当地人，他俩又比画又说，费了半天口舌，那些人也弄不明白什么是鞋子，穿鞋子有什么用。

当晚一个业务员便沮丧地立即向国内总部的老板发了一封电报：这里的人从不穿鞋子，他们甚至不知道要鞋子有什么用，有谁还会买鞋子呢？我明天立即回去。而另一个业务员也在当晚给总部发了一封电报：上帝啊，我找到了一大笔买卖，这里的人都缺了一双鞋子，市场前景广阔，我决定长期驻扎在这里，至少推销给每人一双鞋子！

几年后，两个业务员又在这个岛上相遇了，不同的是，那个没有在这里推销鞋子的业务员至今还是一个一文不名的业务员，而在这里长期驻扎的业务员早已因为在这里卖鞋而成为亿万富翁了。那个业务员十分不解地问亿万富翁说："我们过去一样是推销鞋子的，为什么我还只是个业务员，而你却摇身变成亿万富翁了？"

亿万富翁听了笑着说："当时我和你差不多是同时到达这个岛的，可以说我们的机遇是相同的，但因为思维的不同，你把机遇看成了困难，而我却牢牢把握住困难似的机遇，所以我今天身价过亿，而你依旧一无所有。"

可能的，才是最美的

市里搞了一个消防技能讲座，来听课的人很多。培训快要结束时，搞了一次别开生面的实地演练。地点选在市郊一幢废弃的、就要被拆毁的旧楼里。怎样灭火？怎样在火海中逃生？怎样在火海中抢救贵重的东西？演练场景中，声、光、电、烟雾等技术设备全部用上了，一切都演练得惟妙惟肖。当然，也有许多智力测验节目，例如，怎样在浓烟滚滚中保持正常呼吸，怎样才能从熊熊大火中找出一条生路等等，但我最喜欢的还是另外一些节目，它们很机智，也不是很难，但答案常常出乎人的意料，甚至在大家笑过后，有一些结果确实值得我们用心细细地品味。例如这则"抢宝"游戏：在一个面积很大、又分隔成很多个小珍藏室的房间里，导演在一块块十几斤重的石块上，分别写上"宝石"、"黄金"、"古画"等等，然后把一块石头放进一个房间，当然，最贵重的那块"宝石"，就放在最靠里边、出入难度最大的那个小房间里。而最外边、最接近门口的地方，则放着一块石头，上面写着：古玩，价值100元。导演说，这是这个屋子里近百件"宝物"中最不值钱的一个。

这个游戏的规则是，假设这是一个藏宝室，但现在它失火了，给每个游戏者一个等长的时间，让他们到藏宝室里抢运物品，最后，谁从"火"中救出的宝物价值高，谁就是获胜者。

游戏开始了：在光电模拟出来的烈火声和一团团模拟的浓烟中，第一个人上场了，只见他身手敏捷地直潜最里边的几间密室，意图很明确，想抢运出那件最珍贵的宝物，但令他痛悔不迭的是，他还没有来得及找到密室里放着的那件宝物，就听大门口轰隆一声，时间过了，唯一的出口坍塌了，他"葬身"在火海里了。

第二个参与者上场了，他猴子一样钻进去，抱起了一件宝物，但嫌一件太少了，于是伸出另一只手又去抱第二件，他也没能"活"着出来，因为太贪婪，他也被大火给"烧"死了。

接着第三个、第四个、第五个……

但很遗憾，很多人进去，都未能"活"着出来，当然也没抢出一件有价值的宝物来。

最后，轮到一个六十多岁的老人，这位老人腿脚不怎么灵便，也不怎么说话。

当导演哨音一落，他就跳了进去，他没有像其他人那样往里边的密室里跑，他抱起离门口最近的那件"宝物"就扬手甩了出来，然后又甩出了两件"宝物"，当象征坍塌的声音响起时，他已抱着第四件"宝物"毫发无损地"逃"了出来。

大家都笑这位老同志虽然填补了大家抢救出的物品是零的空白，但按导演标明的价格，那些物品的总价值也根本不值得一提。

但教练却不这么认为，教练认为这位老同志十分了不起，因为在相同时间内别人连一件也没抢出，他却一个人一口气抢出了足足4件。教练问老人以前在什么地方工作，那个老人嗫嚅了很久，才低声说："在市博物馆。"老人顿了顿说："二十多年前，我们市博物馆曾发生过一次火灾，我亲历过那次火灾，在熊熊大火中，我曾同各位刚才的表现一样，一心想从火海中抢救一件最珍贵、最价值连城的文物，但最后却空手而出。我能侥幸活着出来，也是因为老馆长啊，他救出了紧靠门口的3幅珍贵字画，还救出了我。若不是为了救我，他至少还能救出一幅作品，甚至还可能活着走出来，但因为救我，他只救出了3幅作品，老馆长就再也没能走出那片可怕的火海。"老人说着，一串老泪涌出了眼角。

大家蓦然肃静下来，都愣愣地看着那个身材已略略有些佝偻的老人。老人顿了顿，又望了大家一眼说："可你们知道吗，当初那挂在展厅门口3幅最不值钱的画，现在，每幅价值都不下一千万啊！"大家全愣了。

后来，我曾同许多人谈起这个老同志在火海中的故事，许多人听后，都涌起了各自的感悟，但我觉得一位老教授总结得最好，他说："不管一个梦想的价值有多大、多珍贵，但对一个人来说，离你最近、最可能实现的梦想才是你最珍贵的梦想！"

是的，追求梦想的时候，我们更多关注的是那些梦想成功后的社会和经济价值，而没有真正关注过这些梦想到底离我们有多远，到底有没有实现的可能性，这使许多人山一程水一程地走尽了迢迢一生，而他的梦想依旧是梦想，留下了永远无法弥补的生命遗憾。

不论梦想有什么色彩，那距我们最近、最有可能实现的才是我们最美的梦想。

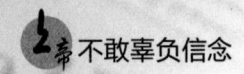

人生的夜色

在一次国际南极考察归来的欢庆酒会上，有人问考察归来的资深老专家说："你们在南极的最大生存挑战是冰川和寒冷吗？"

大家猜测，皑皑的冰川积雪和极度的寒冷一定会是考察队员们面临生存的最大挑战，因为到处都是厚厚的积雪和冰川，这很容易导致考察队员们患上严重的"雪盲"，寒冷更不必说了，它可以使考察队员的皮肤甚至肌肉组织遭到难以想象的冻伤。但令大家意外的是，老专家却摇了摇头说："冰川和寒冷并不是我们南极考察队员的最大挑战。"

那么什么才是他们南极生存最严酷的挑战呢？望着大家充满疑惑的眼睛，老专家说："我们在南极的最大挑战是那里的极昼。"

怎么会是极昼呢？大家更加不解了。我们每天都在渴望阳光，在灿烂的阳光下，我们可以尽情地工作、休闲，可以做我们喜欢的任何事情，而夜晚呢，如果不是火和灯光，我们都会是什么也看不见的盲人。我们谁不是在讴歌着阳光而憎恶着黑暗的夜色呢？

能拥有大把大把的阳光怎么能算是一件坏事情呢？

老专家见大家不相信，微微一笑解释说："在南极极昼的时候，没有了黑夜也就没有了日期，我们连续几十天都生活在灿烂的阳光下，人的生物钟一下子就彻底混乱了，你困顿、你疲惫，但除了昏迷，你怎么也睡不着，因为习惯了在夜晚黑暗里睡觉的我们突然没有了夜色，你躺在帐篷里，但四周皑皑白雪和灿烂阳光交织折射出的亮度让你很难闭上眼睛，即便你能睡着几分钟，但那种强光很快就会把你的睡梦割裂。"老专家停顿了一下说："我可以告诉大家的是，自从世界上有了南极科考队以来，在南极遭遇雪崩和意外伤害的队员数目，远没有被极昼造成伤害的队员多，极昼可以让人筋疲力尽，让人焦躁、神经系统紊乱，让你在整个极昼期的南极大陆无藏身之地，而雪崩和其他意外伤害就很容易避免了。

老专家叹了一口气说："为平安度过极昼期，我们已做了数百种尝试，包括加厚帐篷增强帐篷内的阴暗度，甚至试验过在冰川和积雪下穴居，但结果都不理想。在极昼期，我们最大的渴望是，让我们平常歌唱的太阳快快落下去，而让夜色赶快来临吧！"

渴望夜色？这是多么怪诞的一种渴望啊！我们总是在渴望幸福、渴望那明媚而灿烂的阳光，如果渴望夜色，难道不是在渴望一种生命的坎坷和不幸吗？但恰恰是，在拥有无尽阳光的南极白昼期，那么多人在虔诚地渴望着生命的那一抹夜色。

是的，阳光对我们很重要，而闪烁着星光的夜色对我们同样也必不可少，就像幸运和坎坷，对我们的人生都同样是弥足珍贵的。

人生不打稿

一个年轻人去拜一个丹青名家为师，立志要当一个画家。

年轻人是个十分节俭的人，学画时舍不得用上乘的宣纸，他用的全是一些废纸，有的是别人已用过的纸的背面，有的是已经染上了黄渍别人丢弃不要的，甚至还有许多是几年前的废旧报纸。朋友劝他说："练习画画，要用好纸才行。"他笑笑说："我这只不过是练习、是打草稿，用好纸太浪费了。"

练习了几年，他的画一直没有多大的进步，他十分苦恼，对他的老师说："老师，我觉得我跟您学画挺勤奋的，别人一天画一两幅，我却画了七八幅，别人很早就睡觉了，但我每天都坚持练到深夜，我画的草稿，现在一车都运不完，为什么我这么勤奋、这么刻苦，却总是没有多大的进步呢？"老师翻看了他在废纸上画的草稿，沉吟了半天说："从明天起，你不要再用这些废纸打稿了，你买些最贵也最好的宣纸试一试吧。"

他想不明白，自己画技没有进步，跟打稿的稿纸有什么关系呢？难道给一个没练习过绘画的人一些好纸，他就能创作出一幅上乘的作品，给一个美术大师一张废纸，大师就画不出一幅好作品来了吗？想不明白归想不明白，他还是按照老师的吩咐，第二天就买来了一些又贵又好的上乘宣纸，开始在好纸上练习了起来。

练了半年，他的画技奇迹般地明显进步了，朋友们都很惊奇，问他为什么以前练了多年却进步很小，如今，不过是短短半年的时间，他的画技却提高得如此之快呢。他想了想说："过去练习绘画时，我用的全是别人丢弃不要的废纸。每当我拿起画笔面对稿纸的时候，我都这样想：这都是些别人丢弃不要的废纸，我只不过是在一张张废纸上打稿而已，一张画不好就扔掉，再在另一张上画，反正是打稿，这些废纸多得是，所以每次没有构思好，我就匆忙下笔了。但现在不同了，当我面对一张张洁白无瑕又价格昂贵的上乘宣纸时，我的心总在提醒自己：这都是些上乘的好纸，价格十分昂贵，每一张都价值不菲来之不易啊！所以当我提笔要在上面画画时，我都是慎之又慎，生怕画出一笔败笔来，我都是思索了好久才敢动笔画上去的。用心去练，怎么会没有进步呢？"

朋友们一听，顿时都陷入了沉思。

难道不是吗？平常的日子，我们都很不经意，只把它们视为我们人生的一页页废纸和旧纸，涂废一张就涂废一张吧，一点儿也不心疼，总以为来日方长，这样的旧纸、废纸还多的是，不能以认真、务实的心态去对待每一天，使许多珍贵的岁月都不声不响地白白溜走了。

生命没有实习期，生命也从来不会有草稿，你今天生活的草稿，就是你永远无法重新更改的一张生命的答卷。

珍惜我们生活的每一天，因为生命从来就不会给我们打稿的机会。

心灵是世界的镜子

她曾是一个天使一样漂亮又快乐的女孩子，她喜欢音乐、喜欢舞蹈、喜欢画画、喜欢摄影，喜欢到繁花似锦的地方旅游。但没有想到的是，这样一个开朗乐观的女孩子，命运却和她开了一个黑色的玩笑。

十七岁那年，她被医生诊断为肾坏死。听到医生的诊断，她惊呆了，先是长久地默默无语，然后是两行总也揩不干的冰凉泪水。

快乐和笑容一下子从她的心灵和脸上消失了。她整天躲在房间里，不再仰望那蓝色天鹅绒一样的蓝天，不再到公园里坐在绿色的草坪中，让那一丝丝的绿色渐渐漫到她的心间和思绪中去，她不再喜欢盛开的花朵，也不再喜欢那些缤纷的水彩。一天，妈妈带她去海边看海，她勉强地去了，扶栏站在大海边的时候，她幽幽地说："这么大又这么深的深渊，瞧那海水黑得多么狰狞。"妈妈流着泪水带着她很快黯然逃开了。后来，妈妈又带她去听一场音乐大师的钢琴演奏会，那是她一直十分崇拜的一位音乐大师，她经常如痴如醉地倾听他黑白键琴上流淌的乐章，她曾经有一个愿望，那就是，如果有可能的话，有一天，她想亲自抚摸一下大师那美妙而传奇的指尖。但现在，妈妈带着她坐在演奏厅里，当舒缓的音乐在大厅里渐渐响起时，她双手痛苦地捂住了自己的耳朵，浑身剧烈地抽搐了起来，妈妈扶着她伤心地离开了。

后来，经过换肾手术，她的病奇迹般地痊愈了，又站在微风轻拂的海边时，她被海的湛蓝和辽阔深深陶醉了，又一次参加那位音乐大师的钢琴演奏会时，她的脚步禁不住随着那优美的旋律悄悄跳起舞来。

其实一个人的心灵，就是世界的一面镜子，你心灵的镜子明亮，世界在你心中就是明媚的；你心灵的镜子灰暗，世界在你心中就是黯淡无光的。

开 花 的 心

分解成功

　　古印度人有个捕捉猴子的神秘方法：在群猴经常出没的原始森林里，放上一张带有抽屉的桌子，抽屉里放一个苹果，然后将抽屉拉开到猴子的手能伸进去而苹果却不能拿出来的程度，猎人就可以远离桌子静静地安心守候。每一次，猎人都会看见这么一幅可笑的画面：猴子将手伸进抽屉里取苹果，苹果却怎么也取不出来，而猴子又死活不肯放弃，于是贪婪的猴子急得两眼直冒绿光，却又一筹莫展。

　　这种古老的方法让很多聪明的猴子轻而易举成了猎人手到擒来的猎物。

　　有一天，一个猎人又用这个方法准备捉一只在附近休息了很久的猴子。一会儿，那只猴子终于探头探脑走到了桌子旁边，它先将一只手伸进抽屉里取苹果，但苹果太大，抽屉缝又小，任它怎么努力还是取不出来。于是猴子将另一只手也伸了进去，两只胳膊飞快地在抽屉里翻动，不一会儿，一个又大又圆的苹果被它尖利的指甲抠成一堆苹果碎块，猴子扔掉果核，用手掏出抽屉里的苹果碎块有滋有味地吃起来，吃完后，它心满意足地扬长而去。

　　这只聪明的猴子将苹果抠成碎块化整为零，因此获得了整个苹果，避免了贪婪的猴子失败的结局。

　　我们对于成功又何尝不是如此呢？许多人将自己的一生紧紧系在一个硕大的成功果实上，结果就像那些紧紧拿住苹果而束手就擒的猴子，忙碌了一生，连"苹果"的皮也没有尝到。而另一些人知道先将成功一点点分解，虽然每次得到的只是微不足道的一点点，但一次又一次的积累，使他们最终获得了圆满的成功。

　　巨大的成功，其实是从细微的收获开始的。

成功的位置

一颗松果里掉出了两粒成熟的松子,一粒就落在距离母树不远的森林里,一粒被一只偶然路过的鸟儿叼起,带到十分遥远的地方去了。

这是发生在五十多年前的一件事情了。

后来,这两粒松子都长成了参天的大树,一棵就长在森林中,而另一棵则长在了城市的一个公园里。长在森林里的那一棵,它萌芽的时候,头顶上已经绿枝蔽日了,暖暖的阳光落不进来,和煦的春风也吹不进来,它的小手能接到的几滴雨露,也是头顶那些参天大树偶尔怜悯施舍给它的,没有办法,谁让自己来得如此晚呢?虽然长在茂密树林的缝隙里,但它仍然生长得很努力,它向左边稍稍长高,就碰到了另外一棵大树的枝干,那棵大树一呵斥,它就赶快缩回来向右长去,但不久,它又碰到了右边的大树,右边那棵大树一呵斥,它马上就又缩回来,就这样缩来缩去,它的身体长得就像一条盘结的蛇,虬枝横斜,树干扭结,很有些困龙奋舞的气韵。

而另一粒松子的命运就很不一样了,它被鸟叼到一个十分陌生的地方,然后就梦幻般萌芽在一个城市的公园里,它十分努力地生长着,大片的金色阳光是它的,脚底下肥沃的泥土是它的,得天独厚的条件和那些辛勤的园艺工人的照顾,使它很快就拔地而起,长成了这个公园里最高、最直、最秀顺的一棵大树。在它刚刚长到碗口粗时,几个园艺工人企图扭曲它,他们用绳子捆绑它的嫩枝,用手绾结它的枝梢,但它很快就让他们泄气了,它只是笔直地向天空生长,向白云生长,根本不理睬那几个园艺工人的种种努力,让那群人一个个束手无策。是啊,对于一棵时时梦想参天、气势如虹的年轻树木,谁能够束缚得住它呢?

一天,一个伐木工人走进了那片森林,看到了那棵盘扭的松树,伐木工

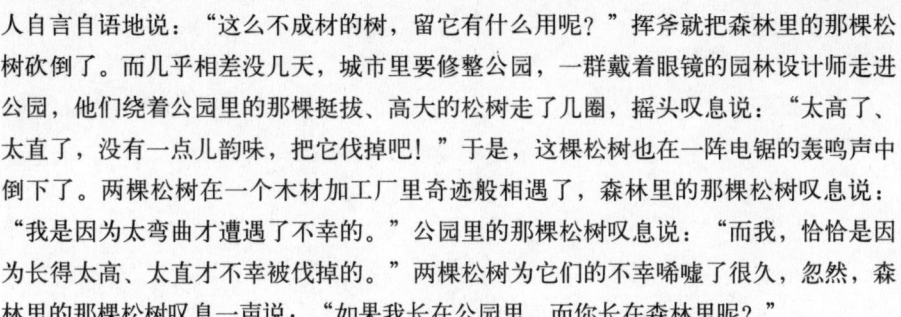

人自言自语地说："这么不成材的树，留它有什么用呢？"挥斧就把森林里的那棵松树砍倒了。而几乎相差没几天，城市里要修整公园，一群戴着眼镜的园林设计师走进公园，他们绕着公园里的那棵挺拔、高大的松树走了几圈，摇头叹息说："太高了、太直了，没有一点儿韵味，把它伐掉吧！"于是，这棵松树也在一阵电锯的轰鸣声中倒下了。两棵松树在一个木材加工厂里奇迹般相遇了，森林里的那棵松树叹息说："我是因为太弯曲才遭遇了不幸的。"公园里的那棵松树叹息说："而我，恰恰是因为长得太高、太直才不幸被伐掉的。"两棵松树为它们的不幸唏嘘了很久，忽然，森林里的那棵松树叹息一声说："如果我长在公园里，而你长在森林里呢？"

两棵松树都愣了。

是啊，假如它们各自生长在对方的地方呢？生活就是这样，当你选对了自己生命的位置，它就为你铺开了让你成功的通道。当你站错了自己生命的位置，它就给你拉开了不幸的闸门。

沙漠之树

　　有两个人，都在荒漠中栽了一片胡杨树苗。树苗成活后，其中一个人每隔三天，都要挑起水桶，到荒漠中去，一棵一棵地给他的那些树苗浇水。不管是烈日炎炎，还是飞沙走石，那人都会雷打不动地挑来一桶一桶的水，一一浇他的那些树苗，有时刚刚下过雨，他也会来，锦上添花地给他的那些树苗再浇一瓢。老人说，沙漠里的水漏得快，别看三天浇一次，树根其实没吮吸到多少水，都从厚厚的沙层中漏掉了。

　　而另一个人呢，就悠闲得多了。树苗刚栽下去的时候，他来浇过几次水，等到那些树苗成活后，他就很少来了，即使来了，也不过是到他栽的那片幼林中去看看，发现有被风吹倒的树苗就顺手扶一把，没事儿的时候，他就在那片树苗中背着手悠闲地走走，不浇一点儿水，也不培一把土，人们都说，这人栽下的那片树，肯定成不了林。

　　过了两年，两片胡杨树苗都长得有茶杯粗了，忽然有一夜，狂风从大漠深处卷着一柱柱的沙尘飞来，飞沙走石，电闪雷鸣，狂风伴着滂沱大雨肆虐了一夜，第二天风停的时候，人们到那两片树林里一看，不禁十分惊讶：原来辛勤浇水的那个人的树几乎全被风给刮倒了，有许多的树甚至被风连根拔起，摔折的树枝、倒地的树干、被拔出的一蓬蓬黝黑的根须，惨不忍睹。而那个悠闲的不怎么给树浇水的人的林子，除了一些被风吹掉的树叶和一些被折断的树枝外，几乎没有一棵树被风吹倒或者吹歪的。

　　大家都很困惑。那人微微一笑说："他的树这么容易就被风暴给毁了，就是因为他给树浇水浇得太勤，施肥施得太勤了。"人们更迷惑不解了，难道辛勤为树施肥浇水是错误吗？

　　那人顿了顿叹了口气说："其实树跟人是一样的，对它们太殷勤了，就培养了它们的惰性，你经常给它们浇水施肥，它们的根就不往泥土深处扎，只在地表浅处盘来盘去。根扎得那么浅，怎么能经得起风雨呢？如果像我这样，把它们栽活后，就不再去理睬它们，地表没有水和肥料供给它们，逼得它们不得不拼命向下扎根，恨不得把自己的根穿过沙土层，一直扎进到地底下的泉水中去，有这么深的根，我何愁这些树不枝叶繁茂，何愁这些树会轻易被暴风刮倒呢？"

别给生命以舒适的温床，生命的温床上只能诞生生命的灾难。要想使你的生命之树根深叶茂、顶天立地，那就不能给它太足的水分和肥料，逼迫它奋力向下自己扎根。

不管是一棵草，还是一棵树，怎样的条件就会造就怎样的命运。温床中是长不出参天大树的，襁褓里藏着的绝对不是伟人。

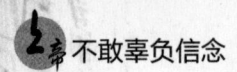

麋鹿哪里去了

这是在非洲流传的一个故事:

一个人要到草原上猎获麋鹿,他扛着猎枪在草原上找了很久,终于发现了一只膘肥体壮的麋鹿。猎人十分高兴,他悄悄潜伏在草丛中,准备靠近后再开枪,但正当他已经接近麋鹿时,忽然,他前边的草丛里跳出了一只豺狗,那是一种十分机敏的豺狗,它的四肢十分轻捷,它十分不屑地望了望这个又瘦又矮的猎人,傲慢地在离猎人不到两米的地方散起了步,猎人被激怒了,端起了猎枪就瞄向了豺狗。但这只豺狗实在太聪明了,看到猎人瞄向自己的黑枪管,它轻轻一跳就跳到一边儿去了,当猎人好不容易又瞄准它正要扣动扳机时,它又一跳,使猎人的瞄准又落了空。它戏弄着猎人,但并不走远,惹得猎人十分生气,于是猎人从草丛中跳出来,端着猎枪径直朝豺狗扑去,但豺狗却一溜烟逃开了。逃了一段距离,它又傲慢地停了下来,扭过头来,挑衅似的盯着猎人。

猎人可受不了这个,他咬牙发誓,今天非要同这只豺狗一决输赢,非把这只豺狗打死不可,猎人愤愤地向豺狗追去,追到了一片又高又密的草丛里时,豺狗不见了,猎人在草丛里找了半天,那只豺狗早没了踪影。猎人正懊恼时,却在草丛里惊起了一只灰色的兔子,这只兔子又肥又大,而且非常机敏,它缩起两只前腿高高地坐在地上,面对着近在咫尺的猎人,傲气十足地懒洋洋捋着自己长长的胡须。一瞧见它那模样,猎人更加气愤了,自己追着那只可恶的豺狗跑了半天,累得要死却劳而无功不说,又遇见了这只傲慢十足根本不把自己放在眼里的兔子,连这只灰兔也敢用蔑视的眼光来看自己,自己还算什么猎人呢?猎人决定不再继续和那只躲起来的豺狗赌气了,但一定要把眼前这只可恶的灰兔打死不可。

但这只灰兔也十分狡猾,当猎人用猎枪瞄准它时,它就前后左右跳个不停，让猎人一直没有开枪的机会。猎人松懈下来时，它也随着松懈下来，缩起两只前腿，悠闲地捋着自己的胡须，用嘲讽的目光轻蔑地望着猎人。猎人生气极了，拎起猎枪就去追那只灰兔，灰兔一溜烟跳进前边的一片丛林里去了。

猎人追进丛林，灰兔早就跑得无影无踪了，精疲力竭的猎人正望着茂密的丛林发呆时，忽然听见头顶的树上响起了得意的鸟叫声，他抬头一看，自己的头巾不知什么时候已被树上的那只黑色秃鹫叼走了，此刻正高高地挂在树梢上。"太可恶了，竟敢叼走我的头巾，我今天非打死你、非把你的羽毛一根不剩地全部拔掉不可！"猎人大声地说。但那只秃鹫一点儿也不把这个猎人放在眼里，它飞到一棵树上，猎人刚追到这棵树下，秃鹫就马上叼着猎人的头巾，轻轻一跳又飞到了另一棵树上。猎人就这样在丛林里奔来跑去，累得实在一步也跑不动了，就趴在地上喘气。这时，那只秃鹫忽然得意地问猎人："愚蠢的猎人，你的那只麋鹿在哪儿呢？"

"麋鹿？什么麋鹿？"猎人想了半天，才醒悟地说："是啊，我今天是想捕到一只麋鹿才来狩猎的，可现在那只麋鹿在哪儿呢？"

其实，世界上有多少人不是这个猎人呢？我们原本是朝着一个目标奋斗的，可在追逐的过程中，却一次一次偏离了自己原来的方向，淡忘了自己生命的目的，到我们醒悟时，我们已经日暮途穷、精疲力竭，再也没有时间去走近自己的人生目标了。

许多人的梦想都是这样化为泡影的，就像一个人栽下一棵桃树，梦想是采摘果实的，但当桃花盛开时，他却沉醉地采撷起桃花来，追逐到了花朵，却失去了果实。

孤注一掷于自己的梦想，视而不见过程中的种种诱惑，这是一个人能够抵达自己梦想的唯一道路。

为生命奔跑

每天早晨，当第一缕曙光照在非洲大草原上的时候，那些羚羊一睁开眼睛就开始练习奔跑，它们箭一样地踩落露珠，让自己敏捷的身躯和草原上的阳光展开赛跑。阳光和晨风被它们追逐着，它们的四蹄，把风和阳光远远地甩在自己的身后。

也是在早晨，当草原上射下第一道阳光的时候，猎豹和狮子也纷纷从草丛中跃起，闪电一样，在莽莽的大草原上练习飞跑，它们不追逐阳光和风，它们只梦想自己能跑过最矫捷的羚羊，在饥饿的时候，可以追上那些风一样快的羚羊群。

羚羊和猎豹、雄狮都是非洲大草原上以奔跑而扬名的佼佼者，但一支欧洲动物科考队经过几年的观察却惊讶地发现，有些奔跑速度像箭一样的羚羊却被并不健壮的猎豹和雄狮捕食了，而一些并不矫捷的羚羊，却轻而易举地逃脱了猎豹和雄狮的利爪。

这是为什么呢？科考队一直没有找到答案。

后来，科考队盯上了一只年轻的雄狮，同时跟踪了一群年轻的羚羊。科考队发现，每当朝阳初升的时候，也是羚羊最危机四伏的时候，这时，沉睡了一夜的非洲雄狮早已饥肠辘辘了，为了活过新的一天，饥肠辘辘的雄狮就在大草原上四处巡视，寻找敏捷的羚羊群。发现羚羊群后，它们蹑手蹑脚地靠着草丛的掩护一点一点靠上去，然后选准个头小的雏羚羊，或是神态老迈的羚羊就一个箭步跃出去。在雄狮凶狠的追逐下，羚羊群很快跑了起来，但无论它们奔跑得多快，总有一两只羚羊会被雄狮穷追不舍，最后彻底把它们扑倒，锋利的牙齿一下子深深咬进它们的喉咙。科考队发现，清晨往往是猎豹和雄狮最容易捕到猎物的时候，也是决定羚羊存活与否最关键的时刻。

但在中午，情况就很不一样了，那些吃饱喝足的猎豹和雄狮会懒洋洋地半闭着眼躺在树荫和草丛下，刚刚饱餐了一顿，它们对身旁不远处的羚羊已经没有了太多的兴趣，能捕到一只自己可以吃得更饱一些，假如捕不到猎物，那也没什么，它们的体力足以支持到第二天早上。因此，对于那些近在咫尺的羚羊，它们也就象征性地追逐一番，捕得到就捕一只，捕不到也就算了。

科学家们感慨地说："早晨时，猎豹和雄狮是在为自己的生命奔跑，所以它们很容易就捕到了猎物。而到了中午，已经吃饱喝足的猎豹和雄狮仅是为了自己能吃得更饱而奔跑，严格来说，仅是为了自己生活得更好而奔跑，所以它们常常是无功而返。"

为食物而奔跑，猎豹和雄狮常常一无所获；为生命而奔跑，猎豹和雄狮却是无一落空。同是奔跑，目的不同，得到的也不相同。

为温饱和财富奔跑，我们的人生可能会终无所获；为生命奔跑，我们的人生才可能硕果累累。

人生，要为只有一次的生命而努力奔跑。

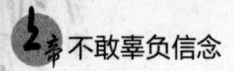

高贵的秘诀

一个精明的荷兰花草商人，千里迢迢从遥远的非洲引进了一种名贵的花，培育在自己的花圃里，准备到时候卖上个好价钱。对这种名贵的花，商人爱护备至，许多亲朋好友向他索要，一向慷慨大方的他却连粒种子也不给。他计划繁育三年，等拥有上万株后再开始出售和馈赠。

第一年的春天，他的花开了，花圃里万紫千红，那种名贵的花开得尤其漂亮，就像一缕明媚的阳光。第二年的春天，他的这种名贵的花已繁育出了五六千株，但他和朋友们发现，今年的花没有去年开得好，花朵略小不说，还有一点点的杂色。到了第三年的春天，他的名贵的花已经繁育出了上万株，令这位商人沮丧的是，那些名贵的花的花朵变得更小，花色也差多了，没有了它在非洲时的那种雍容和高贵。当然，他也没能靠这些花赚上一大笔。

难道这些花退化了吗？可非洲人年年种植这种花，大面积、年复一年地种植，并没有见过这种花退化呀。商人百思不得其解，便去请教一位植物学家，植物学家拄着拐杖来到他的花圃看了看，问他："你这花圃隔壁是什么？"

他说："隔壁是别人的花圃。"

植物学家又问他："他们种植的也是这种花吗？"

他摇摇头说："这种花在全荷兰，甚至整个欧洲也只有我一个人有，他们的花圃里都是些郁金香、玫瑰、金盏菊之类的普通花种。"

植物学家沉吟了片刻说："我知道你这名贵之花不再名贵的秘密了。"植物学家接着说，"尽管你的花圃里种满了这种名贵之花，但和你的花圃毗

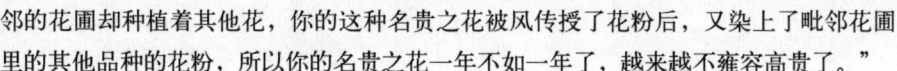

邻的花圃却种植着其他花，你的这种名贵之花被风传授了花粉后，又染上了毗邻花圃里的其他品种的花粉，所以你的名贵之花一年不如一年了，越来越不雍容高贵了。"

商人问植物学家怎么办，植物学家说："谁能阻挡住风传授花粉呢？要想使你的名贵之花不失本色，只有一种办法，那就是让你邻居的花圃里也都种上你的这种花。"

于是商人把自己的花种分给了自己的邻居。次年春天花开的时候，商人和邻居的花圃几乎成了这种名贵之花的海洋——花朵又肥又大，花色典雅，朵朵流光溢彩，雍容华贵。这些花一上市，便被抢购一空，商人和他的邻居都发了大财。

近朱者赤，近墨者黑。高贵也是这样，没有一种高贵可以遗世独立。要想保持自己的高贵，就必须拥有高贵的"邻居"；要想拥有一片高贵的花的海洋，就必须与人分享美丽，与大家共同培植美丽。只有这样，我们才能保持自身的纯洁和华贵。

心灵无私，这是我们保持自身高贵的唯一秘诀。

开花的心

那时我们还在山里读中学，那是一所破烂不堪的学校，老师也都是镇上的人，许多人没有学历，只是可以读懂教科书而已，教学教得十分吃力。县里每次统考，我们学校的排名都是最后一名。

我们很沮丧，我们知道像这样学下去，都会同以前毕业的人一样，在学校长足了身体，然后一毕业就回到家里，侍弄山坳间的那一点点田地、打柴、放牛、牧羊，最出色的，也不过是学一门手艺，做木工、编竹器，或者走村串户地去给别人砌墙、盖房。因此，老师十分吃力地教，我们却十分懒散地学。每到割麦或秋收时，只要家里人忙碌起来，即使学校不放假，我们也不去上学了，跟着家里人在山间地头忙碌。学校对我们这些三天打鱼两天晒网的学生很头疼，管得太松不行，逼得太紧许多学生就会主动退学的。那年秋天，又到忙碌的时候了，我们像往常一样，开始旷课不到学校去上课了，学校的老师很焦急，但却一点办法也没有。

头发斑白的老校长想了两天，让同学们互相传信，全校的学生晚上到学校去开会。在煤油灯飘忽的大教室里，老校长平静地望着我们说："你们整天在田间地头跑，在涧谷林子里忙，你们有谁知道哪一种花开得最晚？"

我们都歪着小脑袋想，想了一会儿，有人站起来回答说："是石榴，它到五月才开花呢。"有人说："不对，是山上的野鸡翎，它到初秋时才开花。"很快就又有人反驳说："不对，是野菊花，霜浓时它还开着呢。"

老校长听了，都否定地摇了摇头说："不对，我们这里有种花落雪时才开呢。"我们想了又想，觉得老校长说得很正确，确实如此，当春天满山遍野的树木和藤蔓早已绿意盎然时，它还像一个没睡醒的孩子，矮矮的乱蓬蓬的枝上连一个芽苞都没有，就像一堆乱七八糟的枯枝，仿佛永远都不会醒来了，一直等到暮夏时，它才懒洋洋地吐出了一簇一簇细细的碎碎的又稀稀疏疏的嫩叶。别的花早凋谢了，甚至果实已经成熟了，它的枝条上才萌发出一串串米粒似的淡淡花芽。当初雪飞舞时，它浅浅的、米粒大小的一朵朵黄花才和雪花一起开放，它姗姗来迟，开得那么晚，使许多人都以为它不会开花呢。

　　老校长轻轻笑了笑说："它的芽吐得那么晚，花开得那么迟，你们知道它能结果吗？"我们马上七嘴八舌地回答说："它怎么会没有果实呢？它的果实豆般大小，红红的，密密的，像一把一把的红玛瑙，晶莹剔透，漂亮极了，"我们说，"那是咱山里唯一一种冬天也不落果的植物呢，它红红的果实直到第二年春天才会落。你不知道吗，一些城里人来咱们山里选盆景，他们选的都是它，他们说它的果实红红的，过春节时都不落，摆在家里好看极了，很受那些城里人欢迎和偏爱呢。"

　　老校长颔首笑了，他缓缓站起来，大声说："孩子们，这花春天没开花，夏天没开花，秋天没开花，直到冬天风那么冷、雪那么大，它却开花了。冬天不是开花的季节呀，可它却开了，在寒风里开了，在冷雪中开了，那是它始终有一颗开花的心啊！"老校长顿了顿又说，"虽然它的花开得那么晚，但开了，它就能有自己的果实，不管寒风是如何冷，不管雪是多么大，只要有一颗开花的心，只要它开花，那么，大地就一定会赋予它自己的果实！"

　　回味着老校长的话，我们全都沉默了。是呀，只要有一颗开花的心，那么，不论多久、多难，大地和自然都一定会赐予它自己的果实的，大自然不会辜负任何一种抱定信念一定要开花的植物的。

　　第二天，所有的同学都回到了教室里，一个也不少。现在，我们当中的许多人都在远离故乡的城市里，我们有了自己的天地和别人欣赏的掌声，但我们始终记着老校长的话，记着那和雪花一起绽放的花；我们始终知道，不论自己的位置多么低，也不论自己现在是如何卑微，只要我们有梦想，有一颗坚定要开花的心，那么，我们就一定会拥有人生的果实。

给每一棵草以开花的机会

朋友去南方做事，把他在山中的庭院交给我看守。那是一座幽静而美丽的院落，在一片郁郁苍苍的林子中间，红砖青瓦，院子内外鸟语花香，就像是一幅优美的风景画。

我十分喜欢这个庭院，有半个篮球场大，除了临墙的地方有一道篱笆种些时令青菜外，其余的地方都空着。清晨或黄昏时，泡一杯茶，搬一把小椅子坐在院子里品茶读书，天空里云卷云舒，或朝阳或落照，耳边是鸟语和缕缕山野清风，这时读一卷旧书，挺有古典的诗意。

朋友是个勤劳的人，院子里常常打扫得干干净净。而我却很懒，除了偶尔扫一扫院子里被风吹进来的落叶，那些破土而出的草芽我从不去拔，任它们疯长。初春时，在院子左侧的石凳旁，冒出了几簇绿绿的芽尖，叶子嫩嫩的、薄薄的，我以为是芨芨草呢，也没有去理会它们，直到二十多天后，它们的叶子蓬蓬勃勃伸展开了，我才发觉它们不是芨芨草，叶子又薄又长，像是院外林间里幽幽的野兰。如果真的是野兰，家有幽兰徐徐绽香，那将多么富有诗意啊。

暮夏时，那草果然开花了，五瓣的小花氤氲着一缕缕的幽香，花形正如林地里那些兰花，只可惜花朵是蜡黄色的，不像林地里的那些野兰，花朵是紫色或褐红的。我采撷了它的一朵花和几片叶子，下山去找我的一位研究植物的朋友，朋友一看，顿时欣喜若狂，忙问我这花是在哪儿采到的？我同他讲了，朋友欣喜地祝贺我说："你发财了！"我不解地望着朋友，朋友兴奋地解释说："这是兰花的一个稀有品种，许多人穷尽一生都很难找到它，如果在城市的花市上，这种腊兰一棵至少值万余元。"

"腊兰？"我也愣了。

夜里，我就打电话把这个喜讯告诉了远在南方的朋友。"腊兰？一棵就价值万元？就长在我院子的石凳旁？"朋友一听也愣了。过了一会儿，朋友告诉我说，其实那株腊兰每年都会破土而出的，只是他以为它不过是一株普通的野草而已，每年春天它的芽尖刚出土就被他拔掉了。朋友叹息说："我几乎毁掉了一种奇花啊，如果我能耐心地等它开花，那么几年前我就能发现它的。"

是的，我们谁没有错过自己人生中的几株腊兰呢？我们总是盲目地拔掉那些还没有来得及开花的野草，没有给予它们开花结果证明它们自己价值的时间，使许多原本珍奇的"腊兰"总是同我们失之交臂。

给每一棵草以开花的时间，给每一个人以证明自己价值的机会，不盲目地拔掉一棵草，不草率地去否定一个人，那么，我们将会得到多少人生的"腊兰"啊！

生命的光芒

去年，我到东南沿海的一个海滨城市参加笔会。我们下榻不远的地方是一个绿树掩映的海蚌养殖场。

那天吃过晚饭，我一个人去了那个养殖场。养殖场里很寂静，数不清的池塘里静静地开着几朵白莲，或者荡漾着一池微微的碧波。在池塘边，我遇到一位老人，他正弯着腰吃力地往池塘中放什么东西，近前一看，是在倒沙粒，那沙粒十分纯净，有米粒般大小。我问老人朝池子里放沙粒做什么？老人笑笑说："种珍珠。"

种珍珠？怎么用沙粒种珍珠呢？老人见我不解，说："你是北方人吧？难怪没见过呢。"老人说，海蚌一般是生长在浅海区的，它们喜欢海底的沼泥，在细腻的沼泥地生活的海蚌是很难长出珍珠的，要想让海蚌长珍珠，就必须让海蚌们吃"苦头"。见我不知道"苦头"是什么意思，老人笑笑解释说："苦头就是细沙粒。海蚌本身是不会生珍珠的，只有把这些沙粒吃进它们的蚌壳里去，当这些沙粒黏附在蚌壳内壁上时，海蚌会不舒服，沙粒会迫使海蚌吐出黏液，甚至会把蚌壁磨出血来，这些黏液和蚌血把沙粒裹了一层又一层，天长日久，就长成珍珠了。"

老人说，他将沙粒放进池塘里后，就要用振动器拼命搅动池塘里的沙粒，让那些海蚌一不小心吃几粒进去。老人笑笑说："这就叫种珍珠。"

热心的老人边说边带我走到了另一个池塘边，他弯下腰去，用一个网兜兜上来一个褐黄色的海蚌。那海蚌碗般大小，扇形的蚌壳上布满了细密的浅浅线纹，老人用大手将蚌壳轻轻地掰开让我看，说："瞧，这是刚种上半年的。"我低下头看去，只见那紫玉色的蚌壳内壁上黏附了十几粒颜色不一的小沙粒，有的已呈薄薄的玉色了，有的沙粒还没有被彻底裹住。它们在紫色的蚌壁上像一颗颗星星，闪烁着微微的银色光芒。老人说，这个海蚌里的珍珠很一般。他又带我走到另一个池塘旁，然后又捞出一个海蚌掰开给我看。这是一个珍珠就要成熟的海蚌，紫玉色的蚌壳内壁上星星点点长满了珍珠，那珍珠一粒粒晶莹剔透、圆润、玲珑，像一粒粒玉豆。尤其有几颗，颜色绯红的、紫红的，甚至是通体血红的。老人说，这种珍珠是十分珍贵的，因为它们是蚌血凝成的，老人感慨地说："这些红颜色的都是蚌的心血啊，这世上，没有哪一种由心血凝成的东西不珍贵！"

我问老人怎样才能让海蚌多长珍珠，老人说："没别的办法，要想让它多长珍珠，只有让它多吃苦头。"

多吃苦头，多承受磨难，多经历坎坷，海蚌才能多生长珍珠。那么我们人呢？那些栉风沐雨的人，他们历经沧桑，屡遇沉浮，被苦难和风雨一次次打磨着、历练着，苦难深深裹住他们的心灵，命运和岁月渐渐把他们铸成了生命的珍珠，于是他们有了自己熠熠的光芒，成了我们生命天空中的星辰。

不要拒绝我们命运中的那些"沙粒"，因为，生命的光芒来自于苦难，就像璀璨的珍珠，就是由苦难的沙粒长成的。

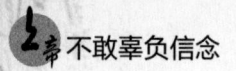

人生的氧气

　　一群年轻人常常结伴在一个深潭边钓鱼。令他们奇怪的是，有一个渔夫总是在潭上边不远的河段里捕鱼，那是一个水流湍急的河段，雪白的浪花哗哗地翻卷着，一道道的波浪此起彼伏。这是一个鱼根本不能游稳的河段啊，怎么会有鱼？

　　年轻人都觉得这渔夫很可笑，在浪大又那么湍急的河段里，怎么会捕到鱼呢？有一天，有个好事的年轻人终于忍不住了，他放下钓竿去问渔夫："鱼能在这么湍急的地方停留吗？"渔夫说："当然不能了。"年轻人又问："那你怎么能捕到鱼呢？"渔夫笑笑，什么也不说，只是提起他的鱼篓在岸边一倒，顿时倒出一团银光。那一尾尾鱼不仅肥而且大，一条条在地上翻跳着。年轻人一看就傻了，这么肥、这么大的鱼，他们在深潭里从来没有钓上来过。他们在潭里钓上的，多是些很小的鲫鱼和小鲦鱼，而渔夫竟在河水湍急的地方捕到这么大的鱼，年轻人愣住了。

　　渔夫笑笑说："潭里风平浪静，所以那些经不起大风大浪的小鱼就自由自在地游在潭里，潭水里那些微薄的氧气就足够它们呼吸了。而这些大鱼就不行了，它们需要水里有更多的氧气，没办法，它们只有拼命游到有浪花的地方，浪越大，水里的氧气就越多，大鱼也越多，"渔夫又得意地说，"许多人都以为大风大浪大的地方是不适合鱼生存的，所以他们捕鱼就选择风平浪静的深潭，但他们恰恰想错了，一条没风没浪的小河里是不会有大鱼的，而大风大浪恰恰是鱼长大长肥的唯一条件。大风大浪看似是鱼的苦难，但这些苦难却是鱼的天然给氧器啊！"

　　水流湍急浪花飞溅之处有大鱼，那么，命运沉浮、人生坎坷将砥砺出巨人。

碰壁的鲮鱼

　　曾有一个有趣的实验，生物学家把鲮鱼和鲦鱼放进同一个玻璃器皿里，然后用玻璃板把它们隔开。开始时，鲮鱼兴奋地朝鲦鱼进攻，渴望能吃到自己最喜欢的美味，可每一次它都"咣"的一声碰在玻璃板上，不仅没有捕到鲦鱼，而且把自己撞得晕头转向。

　　碰了十几次壁后，鲮鱼沮丧了。当生物学家轻轻地将玻璃板抽去之后，鲮鱼对近在眼前、唾手可得的鲦鱼却视若无睹了，即便那肥美的鲦鱼一次次擦着它的唇鳃不慌不忙地游过，即便鲦鱼的尾巴一次次扫到了它饥饿而敏捷的身体，碰壁之后的鲮鱼却再也没有进攻的欲望和信心了。

　　几天后，鲦鱼因有生物学家供给的鱼料依然自由自在地游着，而鲮鱼却已经翻起雪白的肚皮漂浮在水面上了。

　　美食张嘴可得，鲮鱼却饥饿而死。这的确可悲，然而，生活中的我们是否也当过那一条"鲮鱼"呢？一点风浪就使我们奔船上岸，一次小小的碰壁就使我们裹足不前，一次小小的打击就使我们放弃了一切的梦想和努力……许多时候我们失败的真正原因在于：面对近在眼前的已被抽掉"玻璃板"的"鲦鱼"，我们没有再试一次。

折射的微笑

社会学家做了一个有趣的实验：

在一个装满镜子的房间里，带进来一只脾气暴躁，动辄目含敌意、勃然大怒的狒狒。这只狒狒一进入房间，看见墙壁上、天花板上有许多"狒狒"，于是立刻变得气势汹汹、怒吼着扑向镜子里同样气势汹汹、咬牙切齿的"狒狒"，它上蹿下跳、左冲右突，狂叫不止，只半天工夫，便把自己累死了。而另一只性格温和的狒狒被带进这个房间后，突然发现这里有那么多自己的"同类"，它友善地摇了摇自己的尾巴，向那些陌生的"同类"发出和善而友好的微笑，而那些"同类"也向它摆尾致意，对它也发出友善的微笑。

它向那些"狒狒"伸出手时，那些"狒狒"也同样友好地向它伸过手来，它向它们眨眨眼睛微笑，它们也同样向它眨眨眼睛，轻轻地向它微笑。

它高兴而幸福地在这间房里生活了下来，如果它也像第一只狒狒那样，那么用不上半天的时间，它也会被那些打不败的"狒狒"活活累死的。社会学家总结说："它能这样幸福而安然地生活，仅仅是因为它自己的微笑！"

微笑是可以改变自己的命运和世界的。我们面对一切微笑，一切便会回报给我们灿烂的微笑。我们对朋友和陌生人微笑，朋友和陌生人也会对我们发出善良而友好的微笑；我们对花朵发出微笑，花朵也会对我们微笑；我们对生活和命运静静地微笑，生活和命运便会对我们静静地微笑。

种瓜得瓜，种豆得豆。我们对社会和生活是什么态度，生活和社会便会回报给我们什么态度。面对生活，我们应该微笑，因为只有我们自己的微笑，才能给我们折射出一个明媚而温馨的世界！

没有一种草不是花朵

　　那时我们还居住在深山里的乡下，那时我们都还是十五六岁的孩子。那是个春天，草刚刚被融雪洗出它们嫩嫩的芽尖，一群一群的燕子刚刚从遥远的南方迢迢地回到我们村庄的屋檐下，校园里的树上刚刚冒出一簇簇鸟舌一样的叶子。老师告诉我们，学校准备组织十几个学生，搭车到百里外的县城去参加全县的作文比赛。我们一听又兴奋又担忧，兴奋的是我们能够第一次坐上大汽车了，能够有机会去县城看看繁华了；担忧的是，我们这群山里的孩子，作文能赛过城里的那些少年吗？

　　头发花白的老校长看出了我们的忧虑，他把我们这群孩子聚集在一块儿，对我们说："咱们都是山里的孩子，你们都常常上山下田，孩子们，你们谁能说出一种不会开花的草呢？"

　　不会开花的草？我们都歪着小脑袋想，蒲公英是会开花的，它的花朵金黄金黄的，还会结满降落伞似的小小茸茸呢；汪汪狗草也是会开花的，它狗尾巴似的绿穗就是它的花朵呢。对了，就连那些麦田里的芨芨草也是会开花的，它的花洁白洁白的，有米粒那么大，像早晨被阳光镀亮的一颗颗晶莹的露珠。我们想来想去，把菜畦里、山冈上甚至地边的每一种草都想遍了，可是谁也没有想出有哪一种草是不会开花的。我们想了半天都摇摇头说："老师，没有一种草是不会开花的，所有的草都会开出自己的花朵。"

　　老校长笑了，说："是的，孩子们，没有一种草是不会开花的，其实每一种草都是一种花啊，栽在精美花盆里的花是一种草，而生长在田边和山野里的草也是一种花啊。"

野马的天敌

在茫茫的非洲大草原上，野马是最矫健的动物，就是那些快如闪电的雄狮和猎豹，在赛跑方面，也不是野马的对手。剽悍的野马，驰骋起来不仅四蹄快如闪电，它们的听觉系统也是十分敏锐的，远处虫鸣般的风吹草动，甚至连草原上一滴露珠落地的声音，都足以让这些警觉的野马撒腿飞奔。

令动物学家不得其解的是，这些善于奔跑和时时警醒的野马，它们不是狮子和猎豹轻易能够捕获的猎物，大草原上的丰茂水草，又给它们提供了繁衍的生存条件，它们应该不断壮大群族，成为非洲大草原上最大的动物群落才是，但令人疑惑的是，快如闪电的四蹄和丰茂的草原水草，并没有使这些野马的群体壮大，也没有使这些矫健的野马成为非洲大草原上最活跃、最常见的一种动物。相反，在荒凉而弱肉强食的大草原上，却处处可以看见这种矫健动物的遗骨残骸。是什么动物捕食了这些快如疾风的野马呢？如果有这种动物，那么这种动物应该比狮子更凶猛、比猎豹更矫健，那么这种动物是什么呢？

经过了很长时间的探索和考察，动物学家既惊讶又惋惜，那些能够捕食这种野马的动物，既不是雄狮，也不是猎豹，而是还没有雄狮的一个脚爪大，没有猎豹的一只耳朵大的吸血蝙蝠。这种蝙蝠顶多就像一只大蝴蝶，浑身呈黑色，飞翔从容，它们像一只只蝴蝶似的盘旋着、飞舞着贴近野马，然后轻盈地落到野马的身上，等到野马感到钻心的疼痛时，吸血蝙蝠的利齿早已咬开了野马的皮肤，拼命地吮吸它们的血液，于是野马开始焦躁地奔跑，开始用尾巴拼命地抽打自己的躯体，但是吸血蝙蝠是甩不掉的，它们紧紧地吸附在野马的身上，日夜不停地拼命吮吸，一天、两天，直到这匹矫健又庞大的野马最后轰然倒地。

高大、健壮、疾如闪电，连雄狮和猎豹也望尘莫及的剽悍野马，它的致命天敌，竟是一只蝴蝶般大小的蝙蝠！在我们的生命里，是否也有许多这样的小蝙蝠呢？所以伏尔泰说，让你疲惫的不是高山，而是你鞋里的一粒沙子。

我们不惧怕强大的对手，但当我们的对手小到被我们忽略时，我们才应该是最警醒的时候，绊倒我们的不是高山，而常常是脚下一个门槛，甚至是一粒微不足道的沙子。

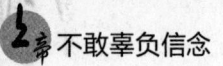

乞力马扎罗山的豹子

在非洲之巅乞力马扎罗山的雪山峰顶上，有一座又小又简陋的宫殿。由于海拔太高，很少有人到这"非洲之巅"的宫殿里来，来到这宫殿的，多是那些神奇、无畏而勇敢的高山征服者。

20世纪初，当一个登山队冒着高寒精疲力竭地登上乞力马扎罗山，走进这个低矮而简陋的宫殿时，他们大吃一惊，因为在这个不大的宫殿里，他们发现了一只浑身斑斓的豹子。他们小心翼翼地接近这只看上去威风凛凛的凶猛豹子，它俯卧在地上，两条后腿蜷伏着，两条短粗有力的前腿支撑起它那不屈而机敏的脑袋，一副蓄势待发的样子。

但登山队员小心翼翼了半天才突然发现，这是一只死豹子，并且死了很久了，它的躯体早被冻得坚硬如石了，就像一尊附着了皮毛的坚硬冰雕。

人们很奇怪，它不是一只雪豹，而是一只很普通的豹子，在高寒地区，这样的豹子几乎是绝迹的。那么，它是如何闯进高寒的乞力马扎罗山的？因为，这里已不适宜植物和动物生长和生活了，山上除了皑皑白雪和嶙峋的怪石，已经没有了草地、森林，甚至连一只飞鸟也没有，那么这只豹子为什么来到这乞力马扎罗山的峰顶呢？

是为了寻觅它可以隐身的丛林？但是这山上没有树，也没有草。是为了捕获用以果腹的猎物？但是这终年白雪皑皑的山上，没有豺狗，没有走兔，甚至没有一只虫。如果它是迷路了，那么凭它的敏捷和矫健，它随时都可以逃离这冰天雪地的高寒世界。

登山队回来后，动物学家及社会各界就开始对这只豹子展开了激烈的争论，众说纷纭了将近一年，大家才一致同意这种说法，那只乞力马扎罗山的豹子是在挑战自己生命的极限，它是为了验证自己生命的征服力，所以才在终年积雪的乞力马扎罗山之巅上殉道了。

这种结论让所有的欧洲人顿时对这只乞力马扎罗山的豹子肃然起敬，大家纷纷约定，谁也不能擅自带走那只死在高山之巅的豹子，就让它永远留在乞力马扎罗山之上，作为生命无畏的一种图腾，作为精神的一种象征，接受灵魂的洗礼和深深的膜拜。

这只殉道在乞力马扎罗山上的豹子，迄今已经有一百多年了，但它至今仍然是被人们时时记起的一种伟大的骄傲。

不错，它虽然是生命，但它只是一只豹子，一只比人低等许多的动物，它远远比不上一个举世闻名的伟人，也比不上一个满腹经纶的哲学家，甚至是一个靠人施舍而活着的乞丐都比不上。但是，又有多少伟人、哲学家、富翁能像乞力马扎罗山之巅的那只豹子一样，站到我们心灵伟大、神圣而肃穆的制高点上呢？

生命没有高下，人生没有尊卑，当你用生命书写灵魂的时候，人们就会在心中为你留下一个高贵的位置。不管我们是一个普通人，还是一只豹子，甚至是一只虫。

给自己一片悬崖

在非洲草原上，常常有这样一个令人吃惊的画面：

当幼羚羊们刚刚能够飞奔时，在猎豹和雄狮的紧紧追捕下，那些成年羚羊往往引领着幼羚羊们箭似的奔出平坦的开阔地，然后带着它们奔向险峻的山岭。

动物学家惊讶地发现，羚羊们逃命的山岭往往是附近最陡峭、悬崖最多的山岭，尤其是那些陡峭的山崖，那里往往是羚羊们的逃生首选之地。每当猎豹和雄狮气势汹汹地追来时，领头的羚羊会在一瞬间一跃而起，它果断地引领着羚羊队伍，避开重重拦截，向距离最近的山峰奔去。其实，一只成年的壮羚羊如果在草原上飞奔起来，那些快如闪电的猎豹和雄狮也是很难追上它的，它矫健地在草原上左右盘旋，就是跑得最快的猎豹也常常对它无可奈何。

那么，羚羊们为什么在生死攸关的时刻要给自己选择一片悬崖呢？当一只幼羚羊刚刚学会在大草原上飞跑时，由于奔跑的强度不大，它的腹肌并没有被最大化地拉开，所以，即使它撒开四蹄拼命奔跑，它奔跑的步幅也不过是三米左右。但当一只幼羚羊在猎豹和雄狮的疯狂追逐下，被成年羚羊引领到峰顶，前无生路面对悬崖时，在后边猎豹和雄狮的一步步紧逼下，在成年羚羊悲壮的舍命一跃中，那些幼羚羊也会悲壮地攒下自己所有的力量，像一张彻底拉满的弓，然后毁灭性地拼命一跃，让自己从悬崖上箭一样地射出去。幸运的羚羊，它们会跃过深渊，跳到对面的山坡或峰顶上，那些不幸的羚羊，它们会落到渊底或悬崖断壁上，由于其身体的柔韧和矫健，一般不会遭到多大的损伤。而把羚羊们逼上悬崖的猎豹和雄狮，基于自己的身躯太过庞大和沉重，面对奋身一跃的羚羊，往往束手无策、空手而归。

最大的不同是，经过跃崖的幼羚羊们，在跃崖后，它们的腹肌会有不同程度的拉伤，但拉伤恢复后，它们飞奔的步幅明显增长了，差不多可以达到四米，这样的步幅，在草原上飞奔起来，雄狮和猎豹往往是追捕不上的。

动物学家终于明白羚羊们给自己一片悬崖的目的了。

给自己一片悬崖，给自己的命运一片悬崖，绝地往往可让你重生，绝境才会给生命创造神话和奇迹。

动的效应

生物学家捉来一只流萤。首先，他们小心翼翼地用镊子轻轻夹住这只流萤的两片又薄又小的翅膀，将它的翅膀用黏液紧紧粘在它的身体上，然后将这只流萤带进暗室，观察它的荧光。

令人吃惊的是，这只流萤的荧光彻底消失了。难道流萤的荧光跟它的翅膀有关？生物学家带着疑问，用稀释液稍稍稀释掉流萤翅膀边缘的黏液，它的翅膀边缘可以稍稍抖动了。然后，他们把这只流萤又带进暗室观察，发现流萤发出了微亮的荧光。

这次，他们稀释掉了流萤两翅上二分之一的黏液，结果发现流萤的荧光又亮了一些。

生物学家把这只流萤粘到一块玻璃板上，为了摆脱束缚，流萤拼命地扇动它的翅膀。生物学家发现，当流萤扇动翅膀的频率最高时，它尾部的荧光亮度就最强；当流萤扇动翅膀的频率迟缓时，它尾部的荧光就随之减弱。

流萤的荧光是流萤翅膀扇动的结果，是它翅膀抖动的亮光。动是流萤荧光的源泉。在无风的夏夜，因为没有风，流萤可以没有阻力地轻盈飞翔，所以它的荧光就会暗一些，而在微风吹拂的夜晚，为了冲开风的阻力，使自己能够飞行，流萤不得不拼命加大自己翅膀抖动的频率，所以它的荧光也亮到了极限。

生物学家还发现，一只静止在草叶或树叶上的流萤，不会发出一丝荧光。其实，一个人的成功何尝不是他奋斗的荧光呢？你努力奋斗，成功的果实就越大，你人生的"荧光"就越亮；你不努力，你成功的果实就越小，你人生的"荧光"就越黯淡。

在夜里，可以看见星星

命运的金币

　　一个人苦苦哀求上帝，说："赐给我幸运吧，我已经经历了太多的不幸了。"上帝禁不住纠缠，就答应他说："我给你一枚幸运的金币吧。"于是就给了他一枚金光闪闪的金币，但那人很快又回来了，不满地把金币还给上帝说："你答应给我一枚幸运的金币，但我把这枚金币翻过来看时，却发现幸运的背面就是不幸。"

　　上帝笑了。上帝说："没错，金币的正面是幸运，而它的反面就应该是不幸啊。你把手伸在阳光下的时候，它的上面是洒满阳光的，而你手掌的背后就是阴影啊。"这个人想想说："那我就不要这枚金币了，你赐给我另外一件幸运的东西吧。"上帝想了想说："那我就赐你一个幸运女神吧。"果然，就有一个婀娜又漂亮的女神站在了这个人的旁边，这个人高兴万分地拉着漂亮的幸运女神走了。

　　但很快，他又愁眉苦脸地回来见上帝说："尊敬的上帝啊，这幸运的女神是很漂亮，但如果转到她的背后看，她后边的脸庞又老又丑，是不幸的使者。上帝啊，你能赐给我一个身前身后都漂亮的幸运女神吗？"

　　上帝苦笑说："哪里有这样的女神和金币啊。幸运和不幸从来就是不能分割的完整体，如果没有幸运，那么也就不会有什么不幸了。如果没有不幸，那么也就不会有什么幸运了。幸运和不幸，是一枚金币的两面，如果你面对不幸的时候能轻轻地把金币翻过来，你就找到了幸运。如果你幸运的时候不小心把金币翻过去，你就遭遇了不幸。"

　　幸运和不幸就是一枚金币的两面，当我们面对不幸的时候不要沮丧和气馁，只要把它轻轻翻过来，幸运就照亮了我们的脸。

在夜里，可以看见星星

一个悲观失望的年轻人到庙里去见禅师，这个年轻人痛苦地说："别人有痛苦，可也有欢乐；别人有离散，可也有团聚。别人有失去，可也有得到的时候；别人有失意，可也有得意的时刻……可我呢？"年轻人深深叹了一口气说："整天就沉浸在痛苦、失意、悲愁之中，就像在漫长的黑夜中看不到曙光，禅师，您说我活着还有什么意思呢？"

禅师听了，略略沉吟了一下，指着窗外的斜阳问："年轻人，你知道白天为什么这么明亮吗？"

年轻人回答说："这怎么能不知道呢？是因为有太阳呀。"禅师说："有几个太阳呢？"

年轻人不解地说："自古就只有一个太阳呀。"禅师若有所思地笑笑。

两人在禅房里一直坐到暮霭四沉、星星一颗一颗出来时，禅师微笑着对年轻人说："施主，请到外面赏月说话吧。"两人走到院中，早有小和尚搬来了茶桌、木椅，禅师招呼年轻人坐下，说："现在夜幕四合，太阳已经沉到西山里去了，你看这夜色多美啊！"年轻人忧伤地说："夜色再美，又如何能同白天相比呢？白天仰头可看云卷云舒，举目可望田野山川，低头可赏虫鸣花香，而在这夜色里，我们又能看到什么呢？"

禅师笑笑说："白天红尘攘攘，而夜晚却静寂而清爽，你听耳边这徐徐的晚风，听山上那树叶的轻语，再晚的时候，你还可以卧床凭窗聆听滴露，也可披衣扶栏赏月，夜色有什么不好呢？"见年轻人低头不语，禅师说："白天你只能看见一个太阳，而夜晚你却可以看到许多星星啊！"

年轻人听了，慢慢仰起头来，只见繁星满天，浩渺的夜空里，闪烁着一颗一颗银钉似的星星，那星星一眨一眨的，像许许多多静静望着自己的眼睛，老禅师望一眼正深深沉醉在繁星中的年轻人问："年轻人，你能数得清天上的星星吗？"

年轻人摇摇头说："那么多的星星，谁能数得清呢？"禅师又笑着问："那你能数得清天上的太阳吗？"

年轻人说："只有一个太阳，这连傻瓜都能数得清的。"禅师笑了，说："是啊，一个人的命运如果没有白天只有黑夜，那他的确是失去了一个太阳，但他却拥有数也数不清的满天星星啊！"

年轻人听了一怔，又若有所思地想想，终于笑着说："大师，我明白了。"

命运里虽然缺少阳光，但我们不必为此而沮丧和绝望，因为，我们还拥有许许多多的星星。

记住，尽管我们的命运可能只有夜晚，但失去了一个太阳，我们却拥有了数不清的生命之星。

生命的林子

一位高僧刚剃发的时候，在法门寺修行。法门寺是个香火鼎盛、香客络绎不绝的名寺，每天晨钟暮鼓，香客如流。他想静下心来潜心修佛，因为自己虽青灯黄卷苦苦习经多年，但谈经论道远不如寺里许多僧人。

有人劝他说："法门寺是个名满天下的寺院，水深龙多，会集了天下的许多名僧，你若想在僧侣中脱颖而出，不如到一些偏僻小寺中阅经读卷，这样，你的才华便会很快光芒四射了。"

这位僧人思忖了许久，觉得这话很对，便决意辞别师父，离开这高僧济济的法门寺，寻一个偏僻冷落的深山小寺去。于是他就打点了经卷、包裹，去向方丈辞行。

方丈明白他的意图后，问他："烛火和太阳哪个更亮些？"僧人说："当然是太阳了。"方丈说："你愿做烛火还是太阳呢？"

他认真思忖了好久，郑重地回答说："我愿意做太阳！"于是方丈微微一笑说："我们到寺后的林子去走走吧。"

法门寺后面是一片郁郁葱葱的树林。方丈将他带到不远处的一个山头上，这座山头上树木稀疏，只有一些灌木和三两棵松树，方丈指着其中最高大的一棵树说："这棵树是这里最大、最高的，可它能做什么呢？"他围着树看了看，这棵松树乱枝纵横，树干扭曲，便回答说："它只能做煮粥的柴火。"

方丈又信步带他到那一片郁郁葱葱的林子中去，林子遮天蔽日，棵棵松树秀顺、挺拔。方丈问他说："为什么这里的松树每一棵都这么修长、挺直呢？"

僧人说："是为了争着承接天上的阳光吧。"方丈郑重地说："这些树就像芸芸众生啊，它们长在一起，就是一个群体，为了一缕阳光，为了一滴雨露，它们都奋力向上生长，于是它们棵棵可能成为栋梁。而那远离群体零零星星的两三棵树，一团一团的阳光是它们的，许许多多的雨露是它们的，不需要它们去竞争，所以，它们就成了柴火啊。"

僧人听后，便明白了。他惭愧地说："法门寺就是这一片莽莽苍苍的大林子，而山野小寺就是那棵远离树林的树了。方丈，我不会再离开法门寺了！"

在法门寺这片森林里，他苦心潜修，后来，终于成为一代名僧，他的枝叶，不仅伸过云层、伸过天空，而且，还承接了西天辉煌的佛光。

是的，一个成才的人是不能远离社会这个群体的，就像一棵大树，不能远离森林一样。

浮生若茶

一个屡屡失意的年轻人千里迢迢来到普济寺,慕名寻到老僧释圆,年轻人沮丧地对释圆说:"像我这样屡屡失意的人,活着也是苟且,有什么用呢?"

释圆坐在那里,静静听这位年轻人的叹息。什么也不说,只是吩咐小和尚:"施主远道而来,烧一壶温水送过来。"小和尚出去了。

片刻后,小和尚送来了 壶温水,释圆抓了一把茶叶放进杯子里,然后用温水沏了,放在年轻人面前的茶几上微微一笑说:"施主,请用些茶。"年轻人俯首看看杯子,只见杯子里微微地冒出几缕水汽,那些茶叶静静地浮着。年轻人不解地询问释圆:"贵寺怎么用温水沏茶?"释圆微笑不语。只是对年轻人说:"施主请用茶吧。"年轻人呷了两口,释圆说:"请问施主,这茶可香?"

年轻人又呷了两口,细细品了又品,摇摇头说:"这是什么茶?一点茶香也没有。"释圆笑笑说:"这是名茶铁观音啊,怎么会没有茶香?"年轻人听说是上乘的铁观音,又忙端起杯子吹开浮着的茶叶呷两口,又再三细细品味,还是放下杯子肯定地说:"真的没有一点茶香。"

释圆微微一笑,吩咐门外的小和尚说:"再去厨房烧一壶沸水送过来。"小和尚出去了。一会儿,便提来一壶冒着浓浓水汽的沸水进来,释圆起身,又取过一个杯子,把茶叶放了进去,稍稍往杯子里注了些沸水,然后将茶杯放在年轻人面前的茶几上。年轻人俯身去看杯子里的茶,只见那些茶叶在杯子里上上下下地沉浮,随着茶叶的沉浮,一丝细微的清香便从杯子里袅袅地溢出来。

嗅着那淡淡的茶香，年轻人禁不住想去端那杯子，释圆忙微微一笑说："施主稍候。"说着便提起水壶向杯子里又注了一些沸水。年轻人再俯身看杯子，见那些茶叶上上下下、沉沉浮浮得更厉害了，同时，一缕更醇更醉人的茶香袅袅地升腾出杯子，在禅房里轻轻地弥漫着。释圆注了五次水后，杯子终于满了，那一杯茶水，使得满屋生香。

释圆笑着问道："施主可知道同是铁观音却为什么茶味迥异吗？"年轻人思忖了一会儿说："一杯用温水冲沏，一杯用沸水冲沏，用水不同吧。"

释圆笑笑说："用水不同，则茶叶的沉浮就不同，用温水沏的茶，茶叶就轻轻地浮在水之上，没有沉浮，茶叶怎么会散逸出它的清香呢？而用沸水冲沏的茶，冲沏了一次又一次，茶叶沉了又浮，浮了又沉，沉沉浮浮，茶叶就释放出了它春雨的清幽，夏阳的炽烈，秋风的醇厚，冬霜的清冽。世间芸芸众生，又何尝不是茶呢？那些不经风雨的人，平平静静生活，就像温水沏的茶叶平静地悬浮着，弥漫不出他们生命和智慧的清香，而那些栉风沐雨饱经沧桑的人，坎坷和不幸一次又一次袭击他们，就像被沸水沏了一次又一次的酽茶，他们在风风雨雨的岁月中沉沉浮浮，于是像沸水一次次冲沏的茶一样溢出了他们生命的清香。"

是的，浮生若茶。而命运又何尝不是一壶温水或沸水呢？茶叶因为沸水才释放出它深蕴的清香，而生命，也只有遭遇一次次的挫折和坎坷，才能留下我们人生的幽香。

人生的高度

有一个年轻僧人,在寺中修行,这个僧人很有悟性,十分聪颖,无论多么深奥的经文,他往往一看就明白了,很受寺里方丈的器重,寺里讲经释禅时,方丈常常让他坐坛授经,有外出云游的机会,方丈也常常带他去。

时间久了,这个年轻的僧人心就有些浮躁了。寺里早九晚五上经课时,连德高望重的方丈都早早地坐到了经殿里,全寺就他总是姗姗来迟。有时寺里的僧人应邀下山做法事,方丈派他去,他总是婉言拒绝,说自己要研习经文,没有时间。偶尔寺里清扫,寺里的老少僧人全都洒水的洒水,挥帚的挥帚,他却躲起来睡觉。寺里的僧人都对他很不满意,而他对那些僧人也嗤之以鼻,总是我行我素。

一天,方丈给他提来一个花花绿绿的木桶说,远方一个得道高僧云游天下将到寺中小住,高僧早闻该寺十里外有菊潭,用那潭水煮茶可修身养性,所以恳请寺中派人去菊潭取一桶水来,以备他早晚品茶用。方丈说:"寺里其他僧人都很忙,所以只得劳驾你去了,不过请千万记住,这木桶不大,须得提满满一桶水回来,才够高僧一天饮用。"他接过木桶,很不情愿地去了。

走了十几里,好不容易才到了翠竹掩映下的菊潭,那潭水真的极好,甘爽清冽不说,还弥漫着一缕淡淡的菊香。他弯下腰去往桶里盛水,但盛了几次都只盛了半桶,怎么也盛不满,他感到十分奇怪,待细细端详那只木桶才发觉,水桶的木板有一块只有半个木桶高,比其他的木板矮了许多,任你怎样盛,桶里的水只能达到那块矮桶板的高度,根本没办法盛满一桶水。他十分生气,方丈给了自己这样一个有缺口的木桶,那水怎么能盛得满呢?

回到寺里,他就提着半桶水去见方丈,方丈笑着问:"提回一满桶水了吗？"他将木桶的缺口指给方丈看，说："这块桶板这么矮，怎么能盛满一桶的水呢？"

方丈笑了笑说："你看清那一块一块桶板上的字了吗？"他回答说："看了，有的写着学识，有的写着品行，有的写着辛勤，有的写着耐劳，有的写着谦虚，那十几块桶板上每块都写着字。"方丈说："是啊，一个木桶十几块桶板，不论别的桶板再长再高，但只要有一块桶板很矮，那这个桶任你怎么盛水，也只能盛到同这块矮板相同的深度，而永远都不能将桶盛满，而一个人的学识、品行、勤懒、谦骄，难道不是木桶的一块块桶板吗？即使别的十分出色，但只要有一样很矮，他也永远盛不满自己啊。"

年轻僧人一听，顿时感到十分惭愧，他马上对方丈说："方丈，我一定会将自己那块矮桶板给补起来的。"方丈笑了。

是的，一个人的人生高度有多高，决定它的往往不是你最出色的那些长"桶板"，恰恰是你有缺陷的那块短"桶板"。因此，拔高自己的长处从来都是徒劳无益的，只有努力弥补自己的不足和缺陷，才是提升你自己人生高度和境界的唯一办法。

生活的泥土

一个小沙弥初到法门寺的时候，住持见他天资聪颖、悟性超群，于是对他格外器重。

住持让他住到藏经楼上，青灯孤影，让他一个人静静地读经参禅。小沙弥欣喜万分，因为他太喜欢这些经卷了，经卷里有令他沉迷的另一个大千世界。他在藏经楼一读就是五年，但藏经楼里的经卷太多了，苦读五年，也不过读了十几架的书，还有浩如烟海的经卷在等待他去一一阅读呢。小沙弥想，只要能再这样两耳不闻窗外事地读十年，自己或许就可以成为一个得道高僧了。

就在他还深深沉迷在那些落满尘土的经卷中的时候，住持却来告诉他说："寺里要选一名僧侣去云游天下，我们商定，由你去托钵云游。"

小沙弥听了，忙对住持说："这藏经楼里有经书万卷，小僧闻鸡起舞昼夜苦读，至今不过读了三五百卷，刚刚略识皮毛，小僧还想深读下去，只有皓首穷经，才能够光大佛法修成正果啊！四海云游，是否可另选他人呢？"住持听了微笑不语。过了两天，又唤来他说："现在已是万木萧萧的初冬时节了，再过些时日，寒霜酷雪就会降临了，老衲这里有两盆海棠，你挑一盆瘦弱的连同花盆一起栽入泥土中，另一盆不必掩埋，就放在墙脚吧。"

小沙弥不解住持为什么要他这样做，但还是依照住持的吩咐，去大雄宝殿后的花坛里找到了那两盆海棠。两盆海棠都长得十分粗壮，春夏时小沙弥曾见过它们绽放，虽是栽在花盆里作为盆景，但因为住持侍弄得勤，都长得枝繁叶茂，花朵开得稠密芬芳，十分惹人喜爱。他按照住持吩咐，选了那棵略显粗壮的，把它放到墙脚，这样可以让寒风吹不着它，又可以让它晒到阳光，然后又在花坛里挖了个深坑，将那盆略略瘦弱的连花盆一起栽入了泥土中。

冬天来了，冷风怒号、飞雪狂舞，住持再也没有跟小沙弥说起让他托钵云游的事情，他就又躲进藏经楼里，看经读卷去了。

次年初春，冰雪初融，万物复苏，法门寺旁边的林子里有了一片淡淡的绿意，每棵树的枝条上都长出了一串串嫩嫩的绿芽。住持在一个春光明媚的上午又来找藏经楼里的小沙弥，对他说："春回大地，万物复苏，所有的草木又都长出了新芽，我们也去看一看那两棵海棠吧。"小沙弥先带住持走到墙脚，那盆海棠还在，正沐浴着暖融融的一片春晖，只是它的枝条上什么也没有，连一个芽苞也寻不到。小沙弥说："它早就该发芽长叶了，可为什么一个绿芽也没有呢？"住持不语，只是蹲下去轻轻敲了敲它的枝干，听了听说："它在冬天时就被冻死了。"

"冻死了？"小沙弥大吃一惊，说："它放在这墙脚，是很难被寒风吹到却又可以沐浴日光的呀，为什么还会被冻死呢？"住持不语，只是淡淡一笑说："走，去看一看栽在泥土中的那棵海棠吧。"

住持和小沙弥来到花坛里，看到栽在泥土中的那盆海棠早就长出了绿油油的肥壮叶子、新枝婆娑，一派生机盎然。小沙弥不解地说："这盆海棠在这里被风吹雪盖，能得到的阳光也不比墙脚的那棵多，为什么它经历了严冬却毫发未损，而墙脚的那盆却被冻死了呢？"

住持听了，微微一笑说："只是因为这盆海棠冬天时被埋在了泥土中，而墙脚那盆却没有掩埋啊。"小沙弥还是不解："虽然那盆没埋，但它放在墙脚，很少被寒风吹，又有充裕的阳光呀。"住持说："温暖不仅来自天上的阳光，在冬天时，它更多的是来自脚下的大地。"小沙弥一听，顿时愣了。

第二天清晨，小沙弥就早早穿上芒鞋，手托钵盂来向住持辞行了。他向住持深深行了一个礼说："师父，我终于明白'读万卷书行万里路'这个道理了，最美的经卷，不仅是经楼里的那些经卷，更是普天之下芸芸众生红尘生活的经卷啊。"住持颔首笑了说："是的，真正的修行，不仅要在经卷中修，更要在尘世生活中修行啊。记住，天上的太阳可以给我们温暖，但我们脚下的大地同样也可以给予我们温暖。佛光，在云端，也在我们的脚下。"

不要忽略我们平常的生活，不要鄙视我们身边的默默无闻的芸芸众生，他们也是我们的大地，他们也是我们萌芽开花的一种必需的温暖。梦想的星星再亮再高，摘取它的脚步什么时候都不能离开我们脚下的大地，每一个巨人的人生不管多么伟大，都离不开平凡生活的洗礼。

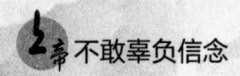

泥泞留痕

　　一位高僧刚刚剃度遁入空门时，寺里的住持见他天资聪慧又勤奋好学，心里对他十分喜欢，但却让他做了寺里谁都不愿做的行脚僧。每天风里来雨里去，吃苦受累不说，化缘时还常常遭白眼和讥讽挖苦。僧人对此愤愤不平。

　　有一天，日已三竿了，他依旧大睡不起。住持很奇怪，推开他的房门，见他依旧不醒，床边放着一大堆破破烂烂的芒鞋。住持叫醒他问："你今天不外出化缘，放这么一堆破芒鞋做什么？"他打了一个哈欠说："别人一年一双芒鞋都穿不破，可我刚刚剃度一年多，就穿烂这么多的鞋子，我是不是该为寺里省些鞋子了？"

　　住持一听就明白了，微微一笑说："昨天夜里下了一场雨，你随我到寺前的路上走走吧。"

　　僧人和住持信步走到了寺前的大路上。寺前是一个黄土坡，由于刚下过雨，路面泥泞不堪。住持拍拍他的肩膀说："你是想做一天和尚撞一天钟呢，还是想做一个能光大佛法的名僧？"他说："我当然希望能光大佛法，做一个名僧。但我这样一个别人瞧不起的行脚僧，怎么去光大佛法？"

　　住持笑着说："你昨天是否在这条路上行走过？"他说："当然。"住持问："你能找到自己的脚印吗？"僧人十分不解地说："昨天这条路又硬又平坦，小僧哪能找到自己的脚印？"

　　住持又笑笑说："今天我们在这条路上走一趟，你能找到你的脚印吗？"僧人说："当然能了。"住持听了，微笑着拍拍他的肩说："泥泞的路才能留下脚印，世上芸芸众生莫不如此啊。那些一生碌碌无为的人，不经

风不沐雨，没有起伏，就像一双脚踩在又硬又平坦的大路上，脚步抬起，什么也没有留下。而那些经风沐雨的人，他们在苦难中跋涉不停，就像一双脚行走在泥泞里，他们走远了，脚印却印证着他们行走的价值。"

　　僧人惭愧地低下了头。从那以后，他年轻有力的脚印留在了寺前的泥泞里，留在了光大佛法的泥土里……

　　在泥泞里行走，生命才会留下深刻的印痕。

生命的通道

一得和尚刚刚剃度到云济寺的时候，寺里的释源和尚因为对他存有偏见，极不喜欢他。面对释源的冷言冷语，一得觉得度日如年，于是他收拾了行囊，去向方丈释义和尚辞行，准备另投他寺，参修佛法。

须眉皆白的方丈听完一得的辞行原因后，微微一笑说："云济寺有释源，难道其他名刹古寺就没有释源这样的僧侣吗？"释义和尚吩咐几个沙弥抬来了四块又厚又长的木板，让一得坐到中间，然后将木板竖起围成四堵墙壁，又在四周遍布荆棘，然后对他说："你什么时候能从这木井中走出来，再跟我谈辞行的事吧！"

释义和尚走了，一得被困在木井中急得抓耳挠腮。他尝试着爬墙壁，但竖起的木板又光又滑，根本就爬不上去。一直到了半夜时分，一得又气又急，他用肩膀猛撞一块木板，地上的木板终于被他撞得微微晃动了。一得继续不停地用肩膀撞那一块木板，终于那块木板咚的一声被一得撞倒了。

一得高兴地钻出木井，刚抬脚要走，却被一个尖锐的东西刺得疼痛不已。他借着月色一看，原来是堆在四周的荆棘。这荆棘堆得又厚又密，一得踟蹰了好久，一拍脑袋说："那块倒下的木板不正是一条走出荆棘丛的路径吗？"

一得到了释义和尚的禅室，释义和尚微笑着说："怎么走出木井的？"一得说："我推倒了一块木板。"

释义和尚又问："怎么跳出荆棘丛的？"一得得意地说："推倒的木板，不正好是一条平坦的道路吗？"释义和尚微微一笑说："你在这云济寺里的处境，难道不是同你在木井中的一样吗？只要你能用心去推倒困境和障碍，那么困境和障碍就会变成一条平坦的道路的。"

134

把自己放低

一个失望的年轻人千里迢迢来到法门寺，对住持释圆说："我一心一意要学丹青，但至今都没有找到一个令我心满意足的老师。"

释圆笑笑问："你走南闯北十几年，真的没有找到一个老师吗？"年轻人深深叹了口气说："许多人都是徒有虚名啊，我见过他们的画，有的画技甚至还不如我呢。"释圆听了，淡淡一笑说："老僧虽然不懂丹青，但也颇爱收集一些名家精品，既然施主的画技不比那些名家逊色，就烦请施主为老僧留下一幅画作吧。"说着，便吩咐一个小和尚取来了笔墨和一沓宣纸。

释圆说："老僧的最大爱好，就是爱品茶，尤其喜爱那些古朴的茶具。施主可否为我画一个茶杯和一个茶壶？"年轻人听了，说："这还不容易。"于是调了浓墨，铺开宣纸，寥寥数笔，就画出一个倾斜的茶壶和一个造型典雅的茶杯，那茶壶的壶嘴正徐徐吐出一股茶水来，注入那茶杯中。年轻人问释圆："这幅画您满意吗？"

释圆微微一笑，摇了摇头。

释圆说："你画得确实不错，只是把茶壶和茶杯放错位置了，应该是茶杯在上，茶壶在下呀。"年轻人听了，笑道："大师何以如此糊涂，哪有茶杯往茶壶里注水，茶杯在上而茶壶在下的？"

释圆听了，又微微一笑说："原来你懂得这个道理啊！你渴望自己的杯子里能注入那些丹青高手的香茗，但你总把自己的杯子放得比那些茶壶还要高，香茗怎么能注入你的杯子里呢？河谷把自己放低，才能得到溪水；把自己放得最低的陆地，才能成为世界上最深的海洋。人，只有把自己放低，才能吸收别人的智慧和经验啊。"

打破常规

一个年轻人垂头丧气地来法门寺求见释济和尚。年轻人说："禅师，我做人做事踏踏实实、勤勤恳恳，但为什么我没有比别人更出色的地方呢？"

释济和尚听了，良久无语。

年轻人说："都说勤劳能够致富，我就十分勤劳，闻鸡即起，披星戴月从田里回家，可许多年了，我却没比别人富裕。都说勤奋能够让人进步，我也整天手不释卷，总是通宵达旦地读书，可十多年了，我并没发现自己比别人聪明多少……"

释济和尚打断年轻人的话说："年轻人，你能告诉我怎样才能让一根针浮在水面上吗？"年轻人听了，摇摇头说："针浮在水面上？这怎么可能呢？"释济和尚说："怎么不可能呢？"

年轻人想了想说："先把木块放在水里，然后把针放在木块上面。"释济和尚微笑着摇了摇头。

年轻人又想了想："用一根线系住针，然后把针吊在水面上。"释济和尚还是微笑着摇了摇头。

年轻人苦思冥想了好一会儿，高兴地说："我知道了，将一块石头放在水里将露未露，然后把针放在石块上。"释济和尚还是微笑着摇了摇头。

年轻人想了又想，最后无奈地摇了摇头说："禅师，如果这样那样都不行，我觉得针根本无法浮在水面上。"释济和尚不容置疑地说："年轻人，针是可以浮在水面上的。"看年轻人还是不相信，释济和尚微微一笑说：

"待水结成冰，将针放在冰面上，针还能沉下去吗？"

年轻人恍然大悟地点头说："是啊，是啊，让水结成冰……这么好这么简单的方法，我怎么就想不到呢？"

释济和尚叹口气说："这就是你虽然十分勤劳，却未能富裕；虽然十分勤奋，却没有学到多少智慧的原因了，你日出而作日落而息地忙着耕田，但你种的都是别人耕种的作物，所以你种的东西就很难卖上一个好价钱。你日夜读书，十分勤奋，但你读的书也是别人都在读的书，所以你尽管勤奋，却没有比别人多学到多少智慧。"释济和尚顿了顿，望了望面前这个若有所思的年轻人继续说，"如果你能打破常规在别人种粮的时候你却种植蔬菜，在别人读那些普通书的时候，你却去读那些对你自己有实用价值的书，那么你不就可以比别人更快地富起来，比别人更快地聪明起来了吗？"

年轻人听了，恍然大悟说："是啊，我怎么就没想到这些呢？"释济和尚微笑着说："很多时候，人生的成败就在于能否有一种打破常规的思维啊！"

出奇方能制胜。没有异于别人的思维，只是一味地跟着别人走，那么我们就很难与众不同，很难比别人出色。只有勇于打破常规，在破碎的规矩后面，我们才能发现那些让我们人生成功的捷径和机遇。

把握命运

老禅师正坐在禅房里闭目打坐，一个小沙弥推门进来说："师父，外边有一个年轻人非要进来见您。"老禅师应了一声，两道白眉微微动了动说："那就让他进来吧。"

一会儿，那个年轻人就进入了老禅师的禅房里，老禅师问他："施主，请问有什么事情吗？"年轻人望着老禅师叹息了一声说："禅师，是不是人真的有命运？是不是每个人一出生，他的财富、家庭、生活等命运都已被上苍注定了？"

见老禅师闭目不语，年轻人叹息一声说："如果人真的有命运，那么上苍对我也太不公平了，我自小失去了父母，跟随着叔父艰难长大。流血流汗辛辛苦苦挣了一点钱想盖几间房子，谁知不小心钱又被盗贼给盗走了，盼望几个亲朋好友能给我一点帮助，可他们却都一贫如洗……"

老禅师闭着眼睛静静听年轻人说完，才睁开眼睛示意年轻人走到自己坐的蒲团前说："年轻人，能伸开你的左手让我看看吗？"年轻人不知道老禅师看他的左手干什么，但还是把自己的左手伸到了老禅师的眼前。老禅师用枯瘦的手轻轻捧着年轻人的手掌，端详了又端详，才指着年轻人手心的掌纹说："瞧，年轻人，这条手纹是你的生命线，它会暗示你的寿命有多久；这条是你的财富线，它可以暗示你能聚集多少财富；还有这条手纹，它是你的婚姻线，它能暗示你的情感和婚姻。"老禅师顿了顿吩咐年轻人说，"年轻人，请你把你的左手握起来。"年轻人把自己的左手紧紧地握起来。老禅师说："小伙子，现在你能告诉老僧你的生命线、财富线、婚姻线在哪里吗？"

年轻人不解地回答说："它们在哪里？不就在我的手心握着吗？"老禅师一听，就笑了，对年轻人意味深长地说："是的，你的命运就握在自己的手心里，别人谁都无法决定你的命运，它只能被自己握在手掌里。"

轻囊行远

一个小沙弥要出门远游，但日期一推再推，已经过去半年了，他还迟迟不肯动身。

方丈把他叫去问："你出门云游，为什么还不动身呢？"

小沙弥忧愁地说："我这次云游，一去万里，不知要走几万里路，趟几千条河，翻几千座山，经历多少场风雨，所以，我需要好好准备准备啊。"方丈听了，沉吟了一会儿，点了点头说："是啊，这么远的路，是需要好好准备准备。"又问小沙弥："你的芒鞋备足了吗？一去万里，远路迢迢，鞋不备足怎么行呢？"方丈吩咐寺里的僧人，每人帮小沙弥准备十双芒鞋，一会儿就送到禅房里来。不一会儿，寺里的僧人就纷纷送鞋来了，每人十双，上百名的僧人，很快就送来了上千双芒鞋，堆在那里，像小山似的，方丈又吩咐大家说："你们师弟这次远行，一路上不知要经历多少场风雨，大家每人替他备下一把伞。"不一会儿，寺里的僧人便送来了上百把伞，堆放在方丈和那小沙弥的面前。看着那堆得小山似的芒鞋，还有那堆得小山似的伞，小沙弥不解地说："方丈，徒儿一人外出云游，带着这么多的东西，别说是几万里，就是寸步，徒儿我也走不动啊！"

方丈微微一笑说："别急，准备得还不算足呢。你这一去，山万重，水千条，走到那些河边，没船又如何能到彼岸呢？一会儿，老衲就吩咐众人，每人给你打造一条船来。"小沙弥一听，慌忙跪下连声说："方丈，徒儿知道您的用心了，徒儿明白了，现在徒儿就上路！"方丈会心一笑说："一个人上路远游，一鞋一钵足矣，东西太多，就走不动了。人生一世，不也是一次云游吗？心里装的东西太多，又如何能走得远呢？轻囊方能行久，净心方能致远啊。"

小沙弥一听，心里惭愧极了，第二天天刚蒙蒙亮，他便手托钵盂上路了。

弱小与强大

　　一个趾高气扬的将军到燃灯寺进香。焚香完毕，将军被人前呼后拥着来到禅房。寺里的方丈永济和尚正在闭目静坐参禅，未能远迎，将军很不高兴。将军想：我在边疆作战战功显赫，早已名震天下，到哪里不是被人高接远送？这区区燃灯寺的方丈竟敢对我如此傲慢，不行，我一定要给他点儿颜色看看！

　　将军怒气冲冲地问永济和尚："和尚，知道我是谁吗？"永济和尚不卑不亢地说："施主是名扬天下的大将军啊。"将军说："既然知道我是将军，为何不出门迎接我？"将军接着不屑地对永济和尚说："我统率千军万马，在疆场上纵横驰骋，视人如草芥，今日到你这野林小寺，你区区一个老和尚竟敢如此怠慢。你知不知道，凭我的威名，如今天下没有我办不到的事情，而你这区区一个和尚，只不过会诵经念佛，能干出什么丰功伟业呢？"

　　永济和尚依旧不卑不亢，待将军说完，向将军施了个礼说："将军是否愿意听老衲为您讲个故事呢？"将军沉吟了一会儿，傲慢地点点头同意了。永济和尚便不急不忙地给这个将军讲故事，永济和尚说，一只老虎在松树下休息，它看见一只正在匆匆忙忙赶路的蚂蚁。老虎问蚂蚁："你这蚂蚁，见到我这山林之王也不知叩拜行礼，你匆匆忙忙要去哪里啊？"蚂蚁说："大王你不知道吧，山那边有个大森林，里边古树参天、百花盛开，美丽极了，我要到那里去听百鸟唱歌，看花朵竞艳呢。"

　　老虎哈哈大笑说："对于你这区区的小蚂蚁而言，要翻过这座高耸入云的大山，不是同登天一样难吗？但对于我这个山林之王来说，这座山却不值一提，"老虎顿了顿又说，"这样吧，你爬到我的身上来引路，我带着你一起去。"

蚂蚁不同意，老虎说："你真蠢啊，我这山林之王名震山林跑起来可以追上风，而你这小蚂蚁就是奔跑一生，也不一定能到达那片森林。"蚂蚁说："那片森林我能去，但你却不一定去得了。"老虎一听哈哈大笑说："我在山林里生活了这么多年，还不知道这个世界上有我不能到达的地方呢。"老虎站起来赌气地对蚂蚁说："走，我要让你看看，在这个世界上，有哪个地方我这山林之王不能去。"老虎说着就一跃而起爬起山来。

　　但老虎爬到山顶就愣了，因为山的背面是万丈悬崖，悬崖的对面就是那片美丽的森林，老虎在山顶走来走去，但怎么也越不过那个万丈悬崖，而蚂蚁爬上山顶，很轻松地就沿着崖壁爬下去进了那片美丽的森林。

　　永济和尚讲完，意味深长地对将军说："将军，虎虽大，也有它不能走到的地方，而蚂蚁虽小，却能走到虎走不到的地方去啊！"将军听了，沉吟良久，满脸愧意地对永济和尚说："法师，谢谢您的教诲，请原谅我刚才的不敬和出言不逊！"永济和尚笑了。

　　是的，生活里有许多这样的悬崖，那些卑微者凭借自己的顽强和坚韧不拔可以成功逾越，而那些大人物却会由于自身的庞大而束手无策，不要自恃庞大，也不要鄙视别人的弱小，成功，有许多时候不是由强大和弱小决定的。

心灵的湖

一个年轻人心情总是烦躁不安，他竭力想让自己平静下来，但怎么做也不行，他不是想到自己过去的一次次令人伤心的失败，就是想到人们对自己的嘲讽和沸沸扬扬的种种非议，他整夜失眠，整天在屋里痛苦地走来走去，他觉得自己简直就要疯掉了，如果再不能找到一个可以让自己平静下来的办法，自己可能就彻底完了。

他尝试过各种办法，但都无法让自己平静下来，于是他决定去寺里拜谒禅师。

须眉皆白的禅师闭目静坐了半天，不声不响地听年轻人喋喋不休地说他的不幸，说他的痛苦，说他的烦恼，直到滔滔不绝的年轻人说得精疲力竭时，老禅师才若无其事地睁开双眼说："年轻人，我给你看一件东西吧。"老禅师带着年轻人走到香烟缭绕的大雄宝殿里，在一尊菩萨的塑像前停了下来。这是一尊栩栩如生的观世音菩萨像，慈眉善目的菩萨看起来是那么平静而坦荡。老禅师指着菩萨手中那个工艺精巧的净瓶说："年轻人，麻烦你将那个净瓶取下来，看看瓶子里的水脏不脏。"年轻人搬过一个蒲团，小心翼翼地站在蒲团上把那只净瓶取了下来，净瓶里的水满满的，年轻人仔细看了看瓶子里的水说："这水很干净，一点儿也不脏。"

禅师说："这水在净瓶里已经有些时日了，在这大殿里，整天香烟缭绕人来人往的，不知落了多少灰尘，但这水却不脏，年轻人，你知道这其中的原因吗？"年轻人盯着瓶里的水思忖了半天，摇摇头说："我想不透，或许因为这是菩萨手里的净瓶，被菩萨庇佑的缘故吧。"老禅师微微一笑摇摇头说："非也。"

年轻人又想了想说："是呀，这大殿里整天人来人往，灰尘飞扬，为什么这瓶里的水却依旧如此清澈澄明？我真的想不明白。"禅师笑了。禅师弯下腰去，在墙脚撮起一撮浮尘轻轻撒进瓶子里，那浮尘很快就落到了水底。禅师说："年轻人，你刚才亲眼目睹我把一撮浮尘撒进了瓶子里，请你现在再仔细看看，这瓶子里的水浑浊了吗？"

年轻人侧过头去静静看那瓶子，十分惊奇，是啊，自己刚刚亲眼目睹禅师把一撮浮尘撒进瓶子，可瓶子里的水依旧那么清亮、澄澈。他凝着眉头想了又想，恍然大悟说："我明白啦，落了那么多灰尘，水却依旧清亮，不过是因为浮尘落在了瓶底。"

禅师笑了，说："那么，请你现在把瓶子轻轻摇一摇吧。"年轻人按照禅师的吩咐，轻轻把捧在手里的瓶子摇了又摇。见年轻人已摇动了瓶子，禅师又说："年轻人，你看瓶子里的水还干净吗？"

年轻人一看，瓶子里的水已经变得十分浑浊了，刚才还晶莹澄澈的玻璃瓶，现在灰灰的，里边的水已浑浊不堪。老禅师说："净瓶变黑，清水变浊，不过就是因为你摇了摇啊！"

老禅师说："人在尘世，谁不是一杯水呢？悲欢离合、成功失败又何尝不是芸芸众生的浮尘呢？有的人把一切往事都沉在心底，让所有事情都成为过眼烟云，所以他始终能心如净水、不急不躁；而有的人则常常让自己沉湎于已逝往事里，为往事痛悔，为往事烦恼，把日子变得浑浊，这难道不是同摇动净水瓶是一样的吗？往事不可追，让往日的落尘遮掩上今天的阳光这是多么愚蠢的事情啊！"

是的，哪一个人的心灵不是一汪湖水呢？沉淀掉以往的一切浮尘，抛却往日的喜乐哀愁，我们才能生活得澄澈而明净；如果你不时地摇动自己的心湖，那么，过往的浮尘便会时时沉渣泛起，让你鲜亮的日子变得浑浊不堪。

让过去的永远过去，沉着而坦荡地迎接今天和未来，我们才可能拥有碧蓝纯美的一汪澄澈心湖。

人生的环剥

雪舟是日本战国时代的画坛宗师。

雪舟年轻的时候，聪慧狂放，不仅喜爱挥毫作画，亦十分喜欢剑术、棋艺和传经说佛。29岁的时候，雪舟投到当时声名远扬的大画师周文门下习画，周文问雪舟："你这一生是想做画家呢？还是立志做侠客？棋师？高僧？"

雪舟思考了半天说："我什么都舍不下！"

周文沉吟了片刻，拿起一把剑问雪舟："一棵苹果树和一个人，谁的生命更长久？"雪舟回答说："当然是人了。"

周文摇了摇头说："人生一世，也不过是草木一秋啊，而苹果树却可以秋衰春发，年年结果。"周文带着雪舟走进村庄前的一个苹果园，说："苹果今年结得不多不好，明年可以修枝重结，而人生不能结出又大又多的好果子，却再也没有重来一次的机会啊！"

雪舟十分不以为然。

周文把雪舟带到一棵苹果树旁说："这是一棵已经老了的苹果树，或许明年、后年就要把它伐掉，为了使它能更好地再结一年果子，瞧！"周文边说边蹲下身去，用利剑在果树根部剥掉半寸宽的一圈树皮。

雪舟担忧地说："把树皮剥掉了一圈，果树不就枯死了吗？"周文微微一笑说："小伙子，这棵苹果树和我们一样，只剩一生一世了，待明年它再结一次果子你就明白了。"

次年秋天，正是瓜果飘香的时节，周文又带着雪舟走进苹果园，找到了那棵被周文用利剑剥去了一圈树皮的苹果树，那一树苹果结得又大又稠，把枝条都压弯了，而周围的那些苹果树，果子又小又稀，许多果子仅有核桃大小，雪舟十分惊讶。

看着迷惑不解的雪舟，周文捋须而笑说："把树根剥去一圈树皮后，树干上的养分就不会在秋冬时节回流到树根中。而到了春天，草木萌芽，树根的养分蓬蓬勃勃地向上涌，待去年剥下的伤口渐渐愈合时，树枝上花已开过，雏果已成，于是所有的养分都涌进果实里。有经验的园艺师对待老树常常这样做。这种妙法叫'环剥'。"

听罢周文的话，雪舟苦苦思忖了一夜。第二天早晨，他将剑、棋都投到了井里，对周文说："我明白了，人生一世，就像果树一秋，果树环剥才能硕果累累，人也需要专注才能成功。"从此，雪舟一心一意研习作画，心无旁骛，终成日本画坛的一代宗师。

生命的质量

传说老子骑青牛过函谷关，在函谷关府衙为府尹留下五千言的《道德经》时，一年逾百岁、鹤发童颜的老翁到府衙找他。

老子在府衙前遇见了老翁。老翁对老子略略施了个礼说："听说先生博学多才，老朽愿向您讨教个明白。"老翁接着说，"我今年已经一百零六岁了，说实话，我从年少时直到现在，一直是游手好闲地轻松度日。与我同龄的人都纷纷去世，他们开垦百亩良田却没有自己一席之地，修了万里长路而未享辚辚华盖，建了千舍屋宇却落身荒野郊外的孤坟。而我呢，却仍然行走在大道驿路上，虽然没置过片砖只瓦，却仍然居住在避风挡雨的房舍中，先生，是不是我现在可以嘲笑他们忙忙碌碌劳作一生，只是给自己换来一个早逝呢？"老子听了，微微一笑，吩咐道："请找一块砖头和一块石头来。"

老子将砖头和石头放在自己的面前说："如果只能择其一，仙翁您是要砖头还是愿取石头？"老翁得意地将砖头取过来放在自己的面前说："我当然择取砖头。"老子抚须笑着问老翁："为什么呢？"

老翁指着石头说："这石头没棱没角，取它何用？而砖头却能用得着。"老子又招呼围观的人问："大家要石头还是要砖头？"众人都说要砖头而不要石头。

老子又回过头来问老翁："是石头寿命长呢，还是砖头寿命长？"老翁说："当然是石头了。"

老子笑着说："石头寿命长，人们却不选择它，砖头寿命短，人们却选择它，不过是有用和没用罢了。天地万物莫不如此。寿虽短，于人于天有益，天人皆择之，短亦不短；寿虽长，于人于天无用，天人皆摒弃，倏忽忘之，长亦是短啊。"

生命的剔凿

传说，孔子年轻的时候，很喜欢到他隔壁的邻居家去。他的邻居是一位技艺精湛的老石匠，一块块岩石经过他的刻凿，便成了千姿百态栩栩如生的花鸟石刻。

一天，孔子又去邻家，那个老石匠正为鲁国一位已故大夫刻石碑。孔子叹息道："有人淡如云影来去无痕，有人却把自己活进了碑石，活进了史册里，这样的人真是不虚此生啊！"

老石匠停下来，问孔子："你是想一生虚如浮云，还是想把自己的名字刻进碑石，流芳千古？"

孔子又长叹一声说："一介草木之人，想把自己刻到一代一代人的心里，那不是比登天还难吗？"老石匠听了，摇摇头说："其实并不难。"他指着一块坚硬又平滑的石块说："要把这块石头刻成碑，就要雕凿它。"老石匠说着，就一手握凿一手抡锤凿了起来，一块块石屑很快在锤子清脆的敲击声中飞起来。不一会儿，岩石上便出现了一朵栩栩如生的莲花图案，老石匠说，如果想使这个图案不被风雨抹平，那就要凿得更深些，要剔掉更多的石屑。只有剔凿掉许多不必要的石屑，才能成为碑铭。

敢于剔凿掉自己的缺点和不足，不断割舍生命中多余的"石屑"——这样的人生才能展现生命的质感，镂刻出别样的景致。

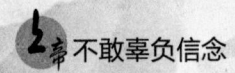

心底荷花

传说，某位有名的法师在托钵游历杭州时，恰逢日寇压城，满城商店闭门打烊，百姓纷纷背井离乡逃难，几个原本准备接待法师的故交因忙于送家人避难而没有等他。

到杭州时，法师已囊空如洗，他一路打听着到灵隐寺挂单，因为日军兵临城下，寺内的和尚已外逃，只有德高望重的方丈和一个小沙弥留守寺中。法师来到灵隐寺外，但见寺门紧闭，寺前麻雀悠闲觅食，车马几乎绝迹。法师敲开寺门，那个看守寺门的小沙弥不认识他，不耐烦地对法师说："现在日寇兵临城下，我们寺里的和尚都四散逃命去了，哪还顾得上你这云游僧人呢？别来这里挂单了，你赶快到别处逃命去吧！"说着就关上了寺门。法师无奈，只得忍着辘辘饥肠，拖着几乎迈不动的老腿离开了灵隐寺。

离开灵隐寺后，无处可去，只好信步沿西湖一路走去。此时恰值五月，西湖之水丰盈澄澈，湖中微风徐徐荷花盛开，走到一个湖岸边，只见湖中荷叶田田，洁白的荷花云朵一样绽开在湖面上，法师顿觉心魂澄澈，万物清朗，不觉停下脚步，遥对荷花在岸边坐了下来。

中午时分，守寺的小沙弥经过湖边，见早上被他拒绝的云游僧人没有远去，还在寺前的湖岸旁席地而坐，小沙弥好奇地走上前去问："你这个僧人，还不赶快到别处逃命，坐在这里做什么呢？"法师闻言，头也没回，只是指着湖中的朵朵莲花说："你快坐下来看，这荷花开得多么好啊！"小沙弥一怔，又劝法师说："荷花开得再好，哪有性命要紧？你还是赶快走吧，几朵荷花哪有性命重要！"法师不理不睬，依旧痴痴地遥望着湖水中的荷花，小沙弥无奈，摇摇头叹息一声走了。

回到寺里，小沙弥对方丈说："不知从哪里来了个痴僧人，早上来咱们寺里挂单，被我拒绝了，我劝他还是逃命要紧，不想他竟被西湖中的几朵荷花迷住了，现在还坐在湖边呆呆地赏荷花呢，我好心好意又去劝他走，他却不理不睬，只说荷花开得真好，还邀我同他共赏荷花呢，你说这和尚是不是太痴了。"

方丈一听，立刻责怪小沙弥说："你怎么不开门让他进来呢，这样的僧人一定是得道的高僧啊！"小沙弥不解地说："看他蓬头垢面痴痴傻傻的样子，可能是个疯僧，怎么可能是高僧呢？"方丈叹了口气说："大兵压城，他却不去逃命，挂单被拒，他却不马上另投他方，几朵荷花却能让他如痴如醉置生死于度外，不是心地澄明、四大皆空的高僧，还能是谁呢？"方丈站起来说："快，快带我去见高僧！"

两人来到湖边，见那僧人果然还在如痴如醉地赏荷花，方丈忙施礼说："不知高僧来敝寺，请高僧海涵！"法师回过头来，指着湖中说："瞧，那荷花开得真好啊！"

方丈小心翼翼地问："敢问大师法号？"那僧人说了法号。小沙弥大吃一惊，难道他就是名扬四海的法师？在寺里安顿下法师后，小沙弥问方丈："你怎么知道他就是高僧呢？"方丈说："一个在乱世中能胸藏荷花的人，他不是佛，也是距佛不远的人，怎么能不是高僧呢？"

是啊，一个胸藏荷花的人，如何能不是佛呢？胸藏荷花，胸存美好，只要你心里有一朵荷花，你早晚都能飘逸出自己生命的清香。

自己的观音

一位风雨飘摇一世的苦行僧，苍老得再也没有一点力气跋涉奔波的时候，便用自己化缘的钱修了一座小庙栖身。

庙舍修好了，苦行僧便找来一个泥塑匠为庙里的菩萨塑像。泥塑匠一生为几百个寺庙塑过栩栩如生的菩萨像，菩萨大慈大悲的端庄模样对他来说早已烂熟于心，他调好泥，很快就依照心中的菩萨形象着手塑起来，很快就塑好了，泥塑匠对自己的这尊菩萨塑像十分满意，这是他一生雕塑得最出色的一尊塑像。完工后，他立刻请苦行僧来看塑像，他以为苦行僧看了会十分满意，但苦行僧看罢，却摇摇头说："这根本不是我的菩萨。"泥塑匠很惊讶："天下的观音菩萨难道不是一样的吗？你为什么有自己的菩萨？"苦行僧听了，对泥塑匠说："来，我怎么说你就怎么塑吧。"

没办法，泥塑匠只好重新调泥，然后苦行僧怎么说，他就怎么塑。泥像终于塑好了，苦行僧很满意，而泥塑匠一看，就禁不住苦笑："这哪里还是观音菩萨呢？腰佝偻得那么厉害，脸老得那么沧桑，自己走南闯北，见过成千上万尊观音菩萨像，但哪里见过这样的菩萨呢？泥塑匠苦笑着摇摇头，当他转过身来看见苦行僧时，不禁愣了，那尊观音塑像怎么和苦行僧一模一样呢？

泥塑匠觉得苦行僧太可笑了，一个行脚僧人怎么能随随便便把自己供为观音菩萨呢？泥塑匠讥笑说："我走南闯北，一辈子朝拜过多少古刹名寺，见识过多少得道的高僧，可还从未见过有谁敢像你这样把自己供为菩萨的！"

苦行僧听了，淡然一笑说："我托钵云游天下，一辈子见庙叩头，见佛焚香，可每遇大灾大难时，没有谁来救助过我。帮我化险为夷，遇难成祥的，"苦行僧指指自己的雕像说，"只是他了，难道他不是我的观音菩萨吗？"

第五辑　祝你生日快乐

赠与自己

二战的硝烟刚刚散尽时，以美英法为首的战胜国几经磋商，决定在美国纽约成立一个协调处理世界事务的联合国。一切准备就绪之后大家才蓦然发现，这个全球至高无上、最权威的世界性组织，竟没有自己的立足之地。

买一块地皮吧，刚刚成立的联合国机构还身无分文；让世界各国筹资吧，牌子刚刚挂起，就要向世界各国搞经济摊派，负面影响太大，况且刚刚经历了二战的浩劫，各国政府都是财政赤字居高不下，在寸土寸金的纽约筹资买一块地皮，并不是一件容易的事情，联合国对此一筹莫展。

听到这一消息后，美国著名的洛克菲勒家族经过商议，果断出资870万美元，在纽约买下一块地皮，将这块地皮无条件地赠予了这个刚刚挂牌的国际性组织——联合国。同时，洛克菲勒家族亦将毗邻这块地皮的大面积地皮全部买下。

对洛克菲勒家族的这一出人意料之举，当时许多美国大财团都吃惊不已，870万美元，对于战后经济萎靡的世界而言，是一笔不小的数目，而洛克菲勒家族却将它拱手赠出了，并且什么条件也没有。这条消息传出后，美国许多财团和地产商都纷纷嘲笑说："这简直是蠢人之举！"并断言："这样经营不要十年，著名的洛克菲勒财团，便会沦落为著名的洛克菲勒贫民集团！"

但出人意料的是，联合国大楼刚刚建成，它四周的地价便立刻飙升，相当于捐赠款数十倍、近百倍的巨额财富源源不断地涌进了洛克菲勒财团。这个结果，令那些曾经讥讽和嘲笑过洛克菲勒家族捐赠之举的财团和商人目瞪口呆。

其实许多时候，赠予也是一种经营之道。有舍有得，只有舍去，才能得到。

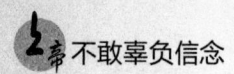

意外也是一种机遇

1879年，美国宝洁公司研究发明了一种初步命名为"依芙玉"的新型肥皂。

这种肥皂的制作工艺十分简单，工人只要把按比例配制好的产品原料倒进搅拌器中，然后开动机器，让搅拌棒不停地旋转搅拌，操作员依据肥皂液的色彩、气味即可判断浓度是否已达到要求，然后将这些液体倒进肥皂铸模，冷却硬化后，就成了块状肥皂，即可切割包装进入市场了。

有一天，公司的一个年轻职员弗兰克操作搅拌机，临近中午时，车间里的许多工人都去吃午饭了，而这时，弗兰克刚把几桶配料倒进了搅拌机中，如果等待它搅拌成功，按平常的经验需25—30分钟，但那时候去吃饭的工人都还不会返回到车间，而没有那些浇铸工人，这些皂液只能继续放在搅拌器中，弗兰克一个人是没有能力做这些事情的。而这时的弗兰克因为早餐吃得太少早就饥肠辘辘了，他思忖与其一个人饿着肚子在车间里等，倒不如抓紧时间去餐厅吃午饭，吃过午饭后立刻回来也正是其他工人陆续返回车间的时候，自己既及时吃了午餐，又不会耽误工作。

打定主意后，弗兰克打开蒸汽驱动的搅拌器后就径直去餐厅吃午饭了。吃过午饭后，因为天气太热大家工作得又很疲惫，那些工人就坐在餐厅里饶有兴趣地闲聊。匆忙吃过午饭的弗兰克刚想返回车间时，几个浇铸的工人喊住他说："大家都在这里，你一个人回去又能干得了什么呢？来吧，休息一下，谈一谈你所知道的趣事。"

"是啊，大家都在这里，自己一个人回到车间又能干什么呢？"已经走到门口的弗兰克又转身走了回来，大家在餐厅里聊兴正浓，不知不觉大约一个半小时过去了。等到他们在主管的怒吼中一溜小跑回到车间时，他们顿时都被那还在运转的搅拌器弄呆了，只见搅拌器成了一堆巨大的、旋转的泡沫堆，那些泡沫在灯光的照耀下发出了五彩缤纷的璀璨光芒，车间的地上、机器上飞满了一堆堆好看的泡沫。主管跑过去关闭了搅拌器，并严厉地批评了弗兰克和其他工人。

对于搅出了泡沫的皂液是否还能用，大家谁都拿不定主意，不得已，主管叫醒了正在午休的技术员，技术员对这十几桶浆液进行了详细而认真的检验，鉴定说虽然产生了这么多的泡沫，但它们本身没有受到什么破坏，可以继续使用。

出人意料的是一个多月后，公司接到客户的来信和大量的订单，声称只要宝洁公司生产的"漂浮香皂"。什么是"漂浮香皂"？宝洁公司的经理和管理层都十分纳闷，他们从未听说过自己公司生产过这种肥皂啊！但客户却说他们生产过这种香皂，公司于是从上到下查找原因，要弄懂这究竟是怎么一回事。后来，他们想起了弗兰克的那次意外，于是按照那次意外重新进行了一次试验，试验结果表明，正是那些搅出了泡沫的浆液，使肥皂体内充满了气泡，而这些隐身在肥皂体内的气泡，使生产出来的每一块肥皂都能漂浮在水面上，免去了肥皂不慎落入水底人们的"水中捞月"之苦，大大方便了人们的生活。

试验成功后，宝洁公司立刻修改了肥皂制作程序，专门生产起"漂浮香皂"来，"漂浮香皂"很快就风靡一时，成为宝洁公司最畅销的产品，为宝洁公司带来了滚滚的利润。

这意外之喜也让宝洁公司受到了启发，公司决定，以后公司研究试验每一种产品，都不能只关注试验预料内的结果，更要关注那些"意外"的结果，因为有一些意外，恰恰也是一种令人意想不到的转机。

是的，不能忽略我们人生和商业生涯中的"意外"，意外也可能蕴含着我们意想不到的转机，有些时候，意外也是改变我们的一次机遇。把握"意外"，"意外"可能会让我们出人意料地寻到光明。

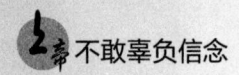

上帝不敢辜负信念

15世纪的一个夏天，航海家哥伦布从海地岛海域向西班牙胜利返航。

怀着又一次航海探险成功的喜悦，哥伦布率领着他的船队在风平浪静、一望无际的茫茫大海上像海鸟一样轻松地航行。经历了惊涛骇浪的许多船员都在甲板上默默祈祷：上帝呀，请让这温暖的阳光一直陪伴我们返回西班牙吧!

但船队刚离开海地岛不久，天气突然变得十分恶劣。天空中聚满了一团团乌云，远方的闪电，不停地驱赶着巨大的风暴，狰狞着从远处的海上向哥伦布的船队迎头袭来。

这是一场特大风暴，恶浪迭起，惊涛咆哮，一道道翻腾的浊浪呼啸着拍向哥伦布船队的一艘艘已经千疮百孔的木船，喷溅的海水跃上了船舷和甲板，几个还没来得及落下船帆的桅杆在暴风雨里折断了，几只海鸥凄叫着被暴风雨卷入汹涌的波涛里。风雨交加，电闪雷鸣，哥伦布的船队瞬间就被冲击得七零八落，就像几枚飘落在海上的树叶。

这是哥伦布航海史上遭遇的最大一次风暴，有几艘船已经被浪打翻了，只一闪便沉入了大海。船长悲壮地告诉哥伦布："我们将永远不能踏上陆地了。"

哥伦布知道，或许就要船毁人亡了，他叹口气对船长说："我们可以消失，但资料却一定要留给人类。"哥伦布钻进船舱，在颠簸的船舱里，迅速地把最珍贵的资料缩写在几页纸上，卷好，塞进一个玻璃瓶里并加以密封

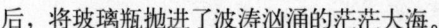

后，将玻璃瓶抛进了波涛汹涌的茫茫大海。

"有一天，这些资料一定会被冲到西班牙的海滩上！"哥伦布肯定地说。

"绝不可能！"船长坚定地说，"它可能会葬身鱼腹，也可能被海浪击碎，或许会深埋沙底，但它绝不可能被冲到西班牙的海滩上！"

哥伦布自信地说："或许是一年两年，也许是几个世纪，但它一定会漂到西班牙去，这是我的信念，上帝可以辜负生命，却绝不会辜负生命坚持的信念！"

幸运的是，哥伦布和他的大部分船只都在这次空前的海上风暴里死里逃生。回到西班牙后，哥伦布和船长都不停地派人在海滩上寻找那个漂流瓶，但直到哥伦布离开这个世界，那个漂流瓶也没有被找到。

在哥伦布生命的最后时刻，他拉着船长的手，依旧充满自信地说："那个漂流瓶终有一天会被冲上西班牙的海滩，这是我的信念。上帝可以辜负生命，但绝不会辜负人的信念！"哥伦布去世后，船长还一直派人不停地在海边寻找着那个漂流瓶，但直到船长也离开这个世界时，那个漂流瓶依旧杳无音信。船长把哥伦布自信的话和寻找漂流瓶的使命嘱托给了自己的儿子，他们一代一代的人坚持在西班牙的海滩上寻找着。同时，他们也寻找着"上帝会不会辜负人的信念"的确切答案。

1856年，大海终于把那个漂流瓶冲到了西班牙的比斯开湾，而此时，距哥伦布遭遇的那场海上风暴，已经过去了3个多世纪。上帝没有辜负哥伦布的信念。

是的，上帝是不会辜负生命的信念的，在起起落落的生命中，只要你信念的灯闪烁着，只要你信念的灯亮着，你就一定能够抵达期望的驿站，你就一定能够梦想成真！

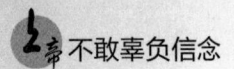

撬起世界的支点

在闻名世界的威斯敏斯特教堂地下室的墓碑林中，有一块扬名世界的墓碑。

其实，这只是一块十分普通的墓碑，粗糙的花岗石质地，造型也一般，同周围那些质地上乘、做工优良的享利三世到乔治二世等20多位英国前国王墓碑以及牛顿、达尔文、狄更斯等名人的墓碑比较起来，它更是微不足道、不值得一提的十分普通的墓碑。并且它还只是一个无名氏的墓碑，没有姓名，没有生卒年月，甚至连介绍墓主人的文字都没有。

但就是这样一块墓碑，却是名扬全球的著名墓碑，每一个到过威斯敏斯特教堂的人，他们可以不去拜谒那些曾经显赫一时的英国前国王，可以不去拜谒那些世界名人，但没有人不来拜谒这个普通的墓碑，他们都被这个墓碑深深震憾着，准确地说，他们都被这块墓碑上的碑文深深震憾着。

在这块墓碑上，刻着这样的话：

当我年轻的时候，我的想象力从没有受过限制，我梦想改变这个世界。

当我成熟以后，我发现我不能够改变这个世界，我将目光缩短了些，决定只改变我的国家。

当我进入暮年以后，我发现我不能够改变我的国家，我的最后愿望仅仅是改变一下我的家庭，但是，这也不可能。

当我现在躺在床上，行将就木时，我突然意识到：如果一开始我仅仅去改变我自己，然后作为一个榜样，我可能改变我的家庭；在家人的帮助和鼓励下，我可能为国家做一些事情。然后，谁知道呢？我甚至可能改变这个世界。

据说，许多世界政要和名人看到这篇碑文时都感慨不已，有人说这是一篇人生的教义，有人说这是一篇生命力学的论文，还有人说这是灵魂的一种自省。当年轻的曼德拉看到这篇碑文时，他顿时有醍醐灌顶之感，声称自己从中找到了改变南非甚至整个世界的金钥匙。回到南非后，这个志向远大原本赞同以暴抗暴垫平种族歧视鸿沟的黑人青年，一下子改变了自己的思想和处世风格，他从改变自己，改变自己的家庭和亲朋好友着手，历经几十年，终于改变了他的国家。

要想撬起世界，它的最佳支点不是整个地球，不是一个国家、一个民族，也不是别人，它的最佳支点只是自己的心灵。

要想改变世界，你必须从改变自己开始。要想撬起世界，你必须把支点选在自己的心灵上。

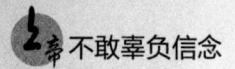

在废铜上闪烁的黄金

在奥斯威辛集中营，一个犹太人对自己的儿子说："我们的家没有了，所有的财产没有了，现在我们的唯一财富就剩下智慧了，当别人说1加1等于2的时候，你应该想到大于2。"

在奥斯威辛集中营，50万犹太人被纳粹毒死了，幸运的是，他们父子俩奇迹般死里逃生。

1946年，他们乘轮船流落到美国，在休斯敦做起了不起眼的铜器生意。有一天，父亲问儿子："现在一磅铜的价格是多少？"儿子想都没想回答说："35美分。"父亲一听勃然大怒说："对，一磅铜35美分。这是每个得克萨斯州人都知道的价格，但作为犹太人的儿子，你应该回答是3.5美元，不信，你可以把一磅铜铸成门把手去试试！"

20多年后，父亲去世了，他的儿子独自经营着他的铜器生意。他把收来的废铜做过铜鼓、瑞士钟表上的弹簧片，甚至做过奥运会的奖牌。最富传奇的一宗生意是，他曾把1磅铜卖到3 500美元的天价。

1974年，美国政府决定向社会广泛招标，以清理自由女神像下堆积的废料。但几个月过去了，没有一个人愿意来理睬那堆垃圾似的废料。正远在法国旅行的他听说后，立即飞往纽约，匆匆看过自由女神像下堆积如山的废铜块、螺丝和木料后，他果断地在招标书上签了字。

对他的这一"傻瓜"壮举，纽约许多运输公司嘲笑不已，因为在纽约，垃圾的处理有严格的规定，稍有不慎就会被虎视眈眈的环保组织抗议，甚至起诉，一旦惹上环保组织，那娄子可就捅大了。就在许多人都在幸灾乐祸地等待这个得克萨斯傻瓜怎样落荒而逃时，他开始组织工人对废料进行仔细分类。他把那些废铜熔化掉，铸成微型自由女神像；把木头加工成微型自由女神像和自由女神像的精巧底座；最后，他甚至把从自由女神像身上扫下的灰尘都包装起来，出售给纽约的花店。不到三个月的时间，经过他的手，这堆无人问津的垃圾废料就奇迹般地变成了350万美元现金，每磅铜的价格整整翻了一万倍。

这个让垃圾变成巨额财富，让纽约和全世界都惊讶不已的人，就是麦考尔公司的董事长。"这个世界上没有什么垃圾，在我的眼里，只有黄金！"他在接受电视采访时微笑而自信地说。

废铜是可以变成黄金的，只需要我们换一种思路和眼光，秘诀就是如此简单。

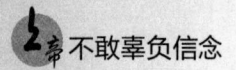

从脚下做起

一个大学刚刚毕业的年轻人十分荣幸地被大名鼎鼎的《泰晤士报》录用。他十分兴奋，他知道，自己能够从成千上万的应聘者中脱颖而出，是因为自己的出色和幸运。

到《泰晤士报》上班的第一天，年轻人兴冲冲地去了。令他奇怪的是，报社大楼的电梯闲着，但没有一个人踏进电梯，大家都是夹着公文包，顺着报社大楼的楼梯一步一阶地走上楼去。

社长室在大楼的第十二层，如果乘电梯，那是很快的，但一步一阶走上去，既费力又费时。年轻人想乘电梯，但是想了想，还是同其他人一样，踏着楼梯上去了。当他大汗淋漓、气喘吁吁地站在社长室里时，正埋头办公的社长头也没抬地说："你是新到的职员吧？现在请你下楼重新走上来，记住，待会儿告诉我从一楼到十二楼有多少级台阶。"

第一天上班的工作竟是数大楼的台阶？这真让年轻人百思不解，但没办法，谁让自己是个刚刚毕业、默默无闻的年轻人，而这又是大名鼎鼎的《泰晤士报》呢？下了一个楼层，年轻人忽然灵机一动，想，每个楼层的高度是相同的，而每层楼梯每个台阶的高度也是相同的，如果知道一个楼层的楼梯数，再乘以12，不就知道了从一楼到十二楼共有多少级台阶了吗？何必那么劳心费力地去一层层一级级数呢？站在第十一层的楼道上想了又想，年轻人虽然犹犹豫豫，但还是一层一层地走到了一楼大厅。

从一楼数到三楼，年轻人便大吃一惊，原来一楼和二楼的楼梯台阶数相同，但三楼就不同了，竟多了两个台阶，数到第十二层的时候，年轻人吓得出了一身的冷汗，原来有许多层的楼梯台阶数都是不同的，如果自己不去一层一层地一一细数，而是投机取巧地给社长一个简单的乘法答案，那将是一件多么危险的事情啊。

当他又站到社长面前，准确报出从一楼到十二楼台阶的数字时，社长笑了，社长说："恭喜你被我们正式录用了，有许多像你一样的年轻人，他们走进这里，但因为没有准确无误地数出楼梯台阶，所以马上就又从这座大楼里永远走出去了。"社长顿了一顿又解释说，"上班第一天的第一项工作就是数楼梯，这似乎有些不可思议，但数楼梯是《泰晤士报》的一种测试和提醒，它一方面可以让我们知道一个人是否诚实可信，另一方面也可以提醒人，不管是人生或者工作，你都必须从自己的脚下做起，每一步对每个人都是不可缺少的。"

在我们的人生中是否也有这种《泰晤士报》的楼梯呢？思维的定势和经验有时虽然可以帮助我们开辟出一条捷径，但也常常会因一级之差甚至一字之差让我们痛失成功。

从自己的脚下做起，一块一块砖才能筑起万丈高塔，一步一步前行，才能奠定最坚实的人生。

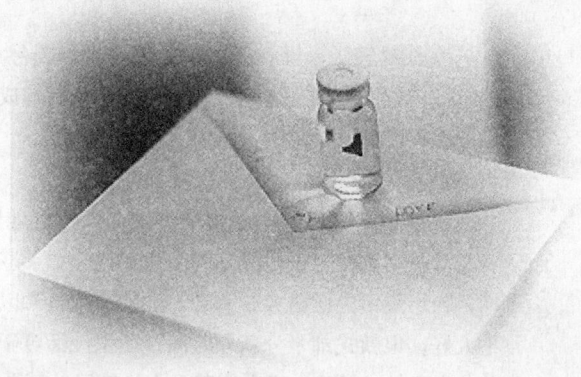

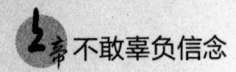

成功的姿态

许多年前，一个小姑娘从遥远贫穷的美国乡村应聘到纽约市第五大街的一家女装裁缝店，在店里，她是最苦最累的打杂女工。

小姑娘出身十分贫寒，她的父母都是乡村农庄里的雇工，微薄的收入维持一家人的生活已经捉襟见肘了，更别说什么华美的衣服了。所以，当小姑娘刚到店里的时候，她就被店里的华美布料和那些来来往往的贵夫人和豪门小姐雍容华贵的服饰惊呆了，那些流光溢彩的昂贵华服，使衣服粗糙的小姑娘成了相形见绌的丑小鸭。但尤其让小姑娘羡慕的是贵夫人们脸上那充满自信和骄傲的笑容，那是怎样一种让人迷醉的神态啊，像花朵溢出的一丝俊美，像云霞流出的一缕飘逸，像碧波荡出的涟漪，再配上那些华美的服饰，使她们看上去都像是天使。小姑娘曾经怯怯地问一位店里的女裁缝："天啊，她们为什么看上去都那么美啊？简直就像是女王和公主。"

女裁缝笑笑，告诉小姑娘说："那是成功的人才能拥有的一种姿态，因为成功，她们才显得那么美丽。"小姑娘听了，沉思了半晌，问："那么我们是不是也可以拥有这种姿态呢？"

女裁缝笑了，说："如果你能成功，当然可以拥有这种姿态。"小姑娘说："或许先拥有这种姿态，对我们今后的成功会有作用的。"女裁缝听了，不置可否地笑着摇了摇头。

但从第二天起，小姑娘果然就令人惊讶地变得和以往不一样了，她迈着和那些高贵顾客一样优雅的步伐，谈吐和那些高贵的贵夫人和豪门小姐一样，轻声细语，话语典雅有趣，她的穿戴也和以前不一样了，布料质地虽然不太好，但款式却十分新颖时尚。店里没活可干的时候，她也常常到试装镜前为自己补一补妆，或者旁若无人地练习一下自己脸上的表情。

小姑娘变了后，那些来店里的贵夫人和小姐对小姑娘的态度也完全改变了，她们过去对她不理不睬，但现在不同了，她们乐意和小姑娘交谈，有兴趣同小姑娘谈一谈她们对服饰质地和款式的看法，而小姑娘也从和她们的交谈中学到了不少服装的知识和对一些流行时尚的看法。

　　店老板见贵夫人那么喜欢小姑娘，那么喜欢同小姑娘交谈，马上就调换了小姑娘的工作，让她专门负责接待那些进店的顾客，并及时向设计师回馈顾客对店里服装的看法和建议。的确，因为采纳了小姑娘所回馈来的顾客的看法和建议，店里的生意变得越来越好。

　　小姑娘因为和顾客交往得多了，对服装布料、款式也有了越来越多的想法。后来，她对店里时装设计师的手艺越来越不满意了，干脆开始自己为顾客设计起服装来。她设计的服装色彩搭配十分艺术，款式美丽大方、新颖独特，服装一经加工出来，便让那些贵夫人和公主般的小姐爱不释手，很快便被抢购一空。不仅纽约的女性以能穿到她设计的服装为荣，许多千里之外的女性也纷纷赶到纽约来订购她设计的服装。对于她的一炮走红，更多的精明商家很快就看透了其中隐含的巨大商机，争先恐后上门订货，订单像雪片似的从四面八方纷纷飞来。后来她接手了这个裁缝店，并把这个裁缝店发展成了一个享誉世界的服装设计和加工公司。如今，这个公司的名字或许大家都不陌生，它的品牌叫"安妮特"，而那个小姑娘就是大名鼎鼎的国际著名时装设计大师安妮特夫人。

　　美国《华盛顿邮报》的记者曾经采访过这位时装设计大师，问她："从丑小鸭到白天鹅你是怎么成功的呢？"安妮特夫人思考了一下微笑着回答说："在没有成功之前我已经假装成功了。"见记者疑惑不解，安妮特夫人微笑着解释说："没有人愿意和不成功的人交往，是我的假装成功为我赢得了许多真正成功的机会。"

　　是呀，没有任何人愿意和不成功的人交往和做生意的，也没有人会对没有经验和没有成功的人充满信心的，如果你想同别人合作，想从别人那里寻找到成功的机遇，那么你就必须先假装成功，要让自己先有成功的姿态。

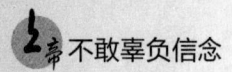

修建自己的码头

新加坡刚刚建国时，经济十分困难。许多新加坡人都想，自己的国家处在太平洋与印度洋相接的咽喉地带，地理位置十分优越，在太平洋和印度洋往来游弋的货轮只要能停泊在新加坡海岸稍作休息或补给，那利益就将是巨大的。

但令新加坡人失望的是，在马六甲海峡来往的船只很多，可到新加坡海岸停靠的却很少，新加坡人为此感到十分困惑，怎样才能让那些船只经过马六甲海峡时都能到新加坡来停靠呢？当时，许多新加坡人给新加坡政府提建议，有人认为必须把新加坡建成旅馆式国家，以满足世界各国不同海员的食宿而招徕那些来往的货轮船只停靠；也有人建议把新加坡建成花园式国家以招徕船只；还有人建议出台一套的优惠政策以利诱人等，总之五花八门、莫衷一是。

时任新加坡总理的李光耀看了民众的建议后，撇开政务沿新加坡海岸走了一圈，回来后，不禁哑然失笑，原来大家想来想去耗尽心机，都忽视了一个最基本的问题：新加坡几乎没有可供大型货轮停泊的港口。

李光耀迅速组织一批工程专家，由国家投入大量资金马上动工，在沿海岸的许多地方同时修建十几个万吨级的航运港口。不久，几个港口相继竣工并投入使用，那些来往于太平洋与印度洋之间的许多货轮船只，纷纷不请自到停泊在新加坡的各个海港，新加坡的经济一下子就摆脱了困境，迅速繁荣起来，被许多经济学家称之为"码头经济"。

其实，在我们每个人的人生里也常常存在着这种现象，我们有着一个接一个数不清的成功机遇，我们也具有种种的成功优势，但成功却总是和我们失之交臂。因为，我们自己没有可以让成功停泊的码头。修建我们自己的码头。拥有了自己的码头，那些远洋货轮一样的成功机遇自会到你的命运里来停靠。

专注的力量

比尔是个成功的演说家和作家，喜欢在闲暇时间观察鸟类。几年前，比尔买了一幢新房子，附近树木葱茏。他入住后在院里装了个喂鸟器，就在当天日暮时分，一群松鼠弄倒了喂鸟器，吃掉里面的食物，把小鸟吓得四散而去。在接下来的两周里，比尔绞尽脑汁想尽各种办法让松鼠远离喂鸟器，就差没有使用暴力了，但丝毫不起作用。

万般无奈之下，他来到当地一家五金店。在那儿他找到了一种与众不同的喂鸟器，不仅带有铁丝网，还有个让人动心的名字，叫"防松鼠喂鸟器"。这回可保万无一失，他买下喂鸟器并安装在后院里。但天黑以前，松鼠又大摇大摆地光顾了"防松鼠喂鸟器"，照样把鸟儿吓跑了。

这回比尔拆下喂鸟器，回到五金店，颇为气愤地要求退货。五金店的经理回答说："别着急，我会给你退货的，不过你要知道，这个世界上可没有什么真正的防松鼠喂鸟器。"比尔惊奇地问："你想告诉我，我们可以把人送到太空基地，可以在几秒钟之内把信息传到全球任何一个地方，但我们最优秀的科学家和工程师却不能设计和制造出一个真正有效的喂鸟器，可以把那种小动物阻挡在外？你是想告诉我这个吗？""是啊。"经理说，"不过没花你那么长时间。"比尔好奇心更盛，请他说得仔细些。店铺经理说："先生，要解释，我得先问你两个问题。首先，你平均每天花多少时间让松鼠远离你的喂鸟器？"比尔想了一下，回答说："我不清楚，每天10—15分钟吧。""和我猜的差不多。"那位经理说，"现在，请回答我第二个问题，你猜那些松鼠每天花多少时间来试图闯入你的喂鸟器呢？"比尔马上会意：在松鼠醒着的每时每刻。

在专一的用心面前，智慧的大脑、优秀的体格节节败退！

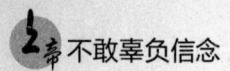

一美分离亿万富翁有多远

　　1989年，默巴克还只是美国斯坦福大学的一名普通学生，他学习成绩很好，每学期都能拿到学校的奖学金，但他的家却十分贫寒，父母都是蓝领小职员，又养了很多个孩子，所以经济特别拮据。为了减轻父母的工作负担，默多克从走进大学校门起，便边读书边做一些力所能及的事情，例如帮助收发信件报纸，帮助学校修剪草坪，帮助学校打扫卫生等，这些简单的校内劳动，使默巴克得到了一些微薄的收入。

　　后来，默巴克发现学生公寓的卫生状况总是十分糟糕，让学生们自己打扫吧，大家都在推诿，不是敷衍了事，便是千方百计寻找借口逃避劳动。让学校的清洁工打扫吧，学生们又很不放心，况且清洁工人又总是把公寓里学生的东西弄得颠三倒四。默巴克看到这个机会后，就马上去找负责学生公寓的校方负责人，和他商谈自己利用闲暇时间承包打扫学生公寓。校方很快就同意了默巴克的提议，他为此又多了一份收入。

　　第一次打扫学生公寓时，默巴克就在墙脚、沙发缝、学生床铺下扫到了许多沾满灰尘的硬币，这些硬币有一美分的、两美分的和五美分的，每间学生公寓里都有。当默巴克将这些硬币还给那些同学时，那些同学谁也没有表现出丝毫的热情，他们又不屑一顾地说："硬币？谁是这些硬币的失主啊？一把硬币装在钱包里会发出烦人的响声，又买不了多少东西，有些一美分、两美分的，都是我们故意扔掉的。"钱还有故意扔掉的？默巴克惊呆了。这件事情以后，默巴克分别给财政部和国家银行写信反映小额硬币被人白白扔掉的事情，财政部很快就给年轻的默巴克回信说："每年有310亿美元的硬币在全国市场上流通，但其中的105亿美元都正如你所反映的那样，被人随手扔在墙脚和沙发缝中'睡大觉'。"

　　105亿美元？默巴克震惊了。他从此开始收集关于硬币的资料，从资料中知道，硬币的寿命长达30年，这期间流通的硬币市值约为2 559亿美元，其中仅一美分的就达1 741亿美元之多，这些硬币常常散落在各家的沙发缝、地毯下、抽屉角落、汽车坐垫下等地方。如果能有效督促这些硬币不再躲在角落里"睡大觉"，而让它们流通起来，这里面的利润将是多么可观啊，默巴克想着并开始准备起来。

1991年，刚从斯坦福大学毕业的默巴克旋即成立了自己的"硬币之星"公司，订制了自动换币机。顾客只要将手中的硬币倒进机器，机器会自动点数，最后打出一张收条，写出硬币的价值，顾客凭收条到超市服务台领取现金。自动换币机收取约9%的手续费，所得利润与超市按比例分成。

默巴克的"硬币之星"一开业便大获成功，全国各地的超市纷纷同默巴克的"硬币之星"公司联系，要求同默巴克合作，仅仅5年，"硬币之星"公司便在全美8 900家主要超市连锁店设立了10 800个自动换币机，并成为纳斯达克的上市公司，一文不名的穷小子默巴克一夜暴富，旋风般成为令人瞩目的亿万富翁。人们都称他是"一美分垒起的大富翁"。

不要轻视一分钱，一分钱里也蕴藏着商机，只要能把一分钱做大，一分钱离亿万富翁的路也不远。只要你不轻易舍弃一粒沙子，那么你很快会拥有一座巨大的城堡。

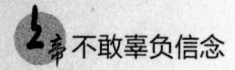

灵感就是财富

他是浙江温州的一个年轻人，几年前，他办了一个小工厂，专门生产各种汤匙，但是因为资金少，建厂时间又短，没有实力去同那些实力强大的同行业公司和工厂竞争，他的产品销路一直十分低迷。

为了使自己生产的汤匙能让消费者喜欢，他也费尽了心机，先是请专家研究改变汤匙的材料，后来又请工艺美术专家在自己的汤匙上设计各种匠心独具的雕花造型，但最终都不行，汤匙的销路仍然没有任何起色。有一天，由于又急又愁，他病了，被父母送进了医院，在医院的病床上，他还是想着自己仓库里那些因销路不好而堆积如山的汤匙，他知道那其中有父母辛辛苦苦干了一辈子的全部积蓄，也有自己的高额债务和贷款啊，如果不能把这些产品卖出去，自己不但愧对父母，还无法还清那些债务和贷款。

他躺在病床上，白发苍苍的老母亲来医院里照顾他。母亲是个十分慈祥的老人，近七十岁的老人了，还要跑前跑后地为他买药、喂饭，他感到很愧疚。那天中午，他躺在病床上输液，母亲又来给他喂饭，饭是从食堂里打来的，很热，母亲一手端着碗，一手拿着汤匙喂他。因为怕烫着他，在喂他之前，母亲都要对着汤匙轻轻地吹几下，就像他小时候母亲喂他一样。看着母亲喂饭的样子他哭了。母亲笑着说："哭什么呢？哪个孩子不是被母亲这样喂大的？吹几口气，汤匙里的饭就不烫了，这样才不会烫着孩子。"

"怕饭烫着孩子，母亲们才这样吹了又吹的？"

他突然想到了什么，一下子坐起来说："妈，我突然有了一个灵感！"他母亲不解地问："什么灵感？不要胡思乱想了，好好躺下来养你的病吧！"他告诉母亲说："我的灵感是，既然那么多母亲在用汤匙喂孩子时，总是担心饭太热会烫着孩子，那么为什么不能在汤匙上装上一支温度计，这样不就可以放心地喂孩子吃饭了吗？"

母亲也双眼一亮赞同说："这倒是一个好主意！"他匆匆从医院赶到工厂里，马上请来了两位专家，让专家帮忙想办法把温度计安装在每一个汤匙上。这不是一个难题，仅仅几天，专家就设计出了一种带温度计的汤匙，并在汤匙的匙柄上，刻上了饭菜入口的最佳温度提示。

不久，这种带温度计的汤匙便上市了，立刻受到了人们的青睐，这个年轻人的工厂接到了全国各地飞来的一张张订单，他一下子就赚了很多钱。

带温度计的汤匙上市不久，他又马不停蹄地研究开发了带温度计的奶壶、带温度计的儿童专用不锈钢小碗等，产品十分畅销，他的工厂从一个名不见经传的小厂，变成了全国实力最强的汤匙生产龙头企业，他也由一个债台高筑的年轻人变成了一个年轻有为的著名企业家。

其实，什么都需要灵感，灵感是一切的神来之笔，抓住灵感，就抓住了一个创新的机遇；抓住灵感，你就抓住了一个改变自己命运的机会。

珍惜你的灵感，灵感是一个人的巨大财富。

成功的风险

这是一个资产过亿的大公司，董事长是一个极富传奇色彩的花甲老人，他三十几岁时从几百元起家，二十几年间让公司滚雪球一般迅速发展到资产上亿，许多人都知道他的一些传闻轶事，说他一生几乎从没有失败过，是个稳操胜券的"不倒翁"。

现在，他二十多岁的孙子是这个公司的总经理，他的孙子虽然很年轻，却十分出色，他办事干练、沉稳，稳扎稳打，颇有他祖父的风范，深得祖父和公司上下的信任。但令这个年轻人不安的是，自己在总经理的宝座上已经坐了两年，小成功有过无数次，却没有一次令人瞩目的大创举。前些天，他终于发现一个千载难逢的好机会，如果抓住这个机会并敢于果断投资的话，一下子就可获利上千万元，凭此一举就足可以功成名就，令世人刮目相看。因此，在决定投资前，他一个人在悄悄写着投资计划，不告诉祖父和公司上下的任何一个人，他想把计划做得天衣无缝时再突然告诉祖父，在祖父和公司里显示一下自己的真正实力。

经过无数次的推敲和修改，他的投资计划终于写好了，他拿着自认为缜密的计划兴冲冲地去见祖父，祖父戴着老花镜一字一句地细细看完计划后，嘴角堆起了几缕满意的笑容。他看着祖父脸上掩饰不住的满意，兴奋地问祖父："我可以按这个计划马上投资了吗？"

"马上投资？"祖父笑笑摇了摇头，他不明白地问祖父："难道我的计划还有什么纰漏吗？"祖父说："纰漏倒没有，只不过这是一份计划，另一份呢？"

"另一份？计划一份不就够了吗？还需要什么另一份？"他弄不明白祖

父的意思。祖父看了看他说："这一份是成功的计划，另一份是失败的计划，只有成功的计划没有失败的计划怎么行呢？"

"什么？还要失败的计划？"他很惊讶，他是第一次听说办一件事既要有成功的计划，又要有失败的计划。祖父说："如果你对同时需要失败计划很惊讶的话，那么你可以去公司的档案室看一看。"年轻人到档案室调出公司过去的所有投资计划，一看就愣了，原来公司的每次投资计划后面，都附着一份失败计划，每一份失败计划比成功计划还要详尽，准确地标明了某个环节如果出现了失误，将会带来如何严重的后果，对照那些失败计划，年轻人被自己拟订的投资计划吓得出了一身的冷汗。

刚刚还为自己的投资计划自鸣得意的他找到祖父，对祖父说："爷爷，我现在才明白您为什么能成为商场不倒翁了，我这份投资计划漏洞百出，还需要重新修改它，并且，过几天让您看我的投资计划时，我也会让您看到我的失败计划！"祖父笑了，祖父问年轻人："孩子，知道艾森豪威尔将军吗？当他在二战中指挥盟军发起诺曼底登陆战前，他准备了两份讲演稿，一份是：'我们已经成功登陆，德军已经全线崩溃，这是大家共同努力的结果。我向大家表示感谢！'另一份是：'我很悲伤地宣布，我们登陆失败，这完全是我个人决策和指挥的失误，我愿意承担全部责任，并向所有人道歉！'"祖父接着说，"成功都是有风险的，多大的成功就存在着多大的风险，许多人失败，就在于他们只看到了头顶那硕大而诱人的果实，而没有看到果树底下那隐蔽的陷阱啊！"

年轻人十分诚恳地对祖父说："我这就去拟失败的计划，让自己知道如何才能避免掉到陷阱里去！"老人听了，满意地笑了。

给自己拟一份"失败计划"，从"失败计划"里我们总能找到自以为正确的一个个纰漏，总能让自己追求成功的狂热的心灵冷静下来，理智地去面对一切，这样才不会因为只盯着头顶的果实，而掉入了脚下的陷阱。

在失败里才可以找到最真实的成功，不懂失败，就不可能真正认识成功。

最珍贵的买卖

1815年6月，威灵顿公爵统帅反法联军在滑铁卢一举大败曾经不可一世的拿破仑军队，因此扬名世界。回到英国后，威灵顿公爵所到之处都有人夹道欢迎，所有的人都以自己能一睹这位立下赫赫战功的大英雄的风采而为荣。

但威灵顿公爵并没有居功自傲，仍旧谦恭地对待他所见到的每一个人。

威灵顿公爵家旁边有一片空地，以前曾是一片肥沃的庄稼地，威灵顿很想拥有这片土地，因为他家的院子太小了，如果能够拥有这片土地，威灵顿想把它建成一座花园，种上树木和花卉，这样，早上或黄昏，他就可以惬意地在自己的院子中散步了。但遗憾的是，这片地的所有权是一个农夫的。以前，威灵顿公爵曾向他表示过，如果他乐意的话，自己愿意买下这一片土地，但那个农夫不同意，他告诉威灵顿公爵："如果是别人要买，我或许会考虑在某个时候出售，但公爵要买，我永远都不会出售！"

威灵顿公爵听了，不过淡然一笑。

现在那个农夫已经有些年迈了，他已经很少来耕种自己的这块土地了。而农夫的两个儿子既懒惰又不成器，他们根本就不愿到自己家的这块地里来，因此这块土地渐渐荒芜了，许多地方长满了齐膝深的蒿草，甚至还长出了一些歪歪扭扭、乱蓬蓬的杂树，黄昏或早晨，还常常可以看见有野兔或其他小动物出入其中。威灵顿公爵目睹着这片空地的荒芜，深为那个老农夫和他的这块地惋惜。滑铁卢之战后，威灵顿公爵刚回到家中不久，出于对威灵顿公爵的敬仰，那位老农夫挂杖亲自来到威灵顿公爵的家中，恳切地对威灵顿公爵说："公爵先生，我为自己以前说过的话懊悔不已，敬请您原谅我！如果您还想买下我那块地的话，我十分乐意将它卖给您。"

威灵顿公爵并没有回答这位老农夫的话，只是关切地询问老农夫："你曾经那么珍视这块地，为什么现在却舍得出售它呢？是不是您的生活有了困难？如果是生活有了暂时的困难，我会借给您一些钱帮您渡过难关的。请您千万不要轻易卖掉您耕种了将近一生的土地。"

老农夫深为威灵顿公爵的宽大胸怀所感动，他告诉公爵说："我已经没有力气再去耕种这块土地了，我的两个儿子更不会来耕种的，公爵您或许不知道，我那两个儿子简直就是两个无赖，假若不在我有生之年把这块地卖给您，我死后您再买这块地，那两个无赖肯定会向您漫天要价的。"虽然老农夫说得十分诚恳，但是威灵顿公爵坚决拒绝现在去买那一块土地，他认为老农夫现在愿意把地卖给自己，不过是畏惧自己的赫赫权势罢了，自己决不能这样趁火打劫。

又过了几年，老农夫已经卧病在床了，他托人来告诉威灵顿公爵，自己是诚心诚意要出售这片土地的，请公爵一定要派人来谈买卖事宜。威灵顿公爵听了，考虑再三，决定买下这片自己渴望已久的土地。于是，他派自己的部下去和那位农夫商谈买地事宜。

那个部下很快就兴冲冲地成交回来了，威灵顿公爵问："买那块地需要多少钱？"部下得意扬扬地说："本来那块地值15 000英镑，但我只用10 000英镑就买下了，要不是公爵您买这块地，根本没有那么便宜的。"

威灵顿公爵一听，十分生气，立刻斥责那个部下说："你把我的名誉以区区5 000英镑贱卖了，马上给那位农夫再送5 000英镑去！"部下听了，立刻又带着5 000英镑去了农夫家。

有些时候，利益不是单纯可以用金钱去衡量的，衡量利益的，还有道德和荣誉等。一个人一生最珍贵的财富，并不是金钱，而是他心灵的纯美和荣誉！

危机与转机

詹姆斯是美国亚拉巴马州的一个农场主，他家的农场已经经营上百年了，农场里价值无法估计的是那些连绵不绝、一望无际的森林，约有数千公顷，由于管理完善，间伐合理，那些树棵棵粗大、挺拔，每一棵都价值不菲，如果把这些树卖出去，詹姆斯凭此就可以成为一个亿万富翁了，因此，人们都称詹姆斯是一位"绿色富豪"。

詹姆斯也深谙自己这些森林的价值，他也很为自己能拥有这么多的参天树木而自豪，他也常常笑着对他的家人说："你的需要很简单就可以满足了，不过卖几棵树就行了。"闲暇的时候，詹姆斯喜欢自己一个人到那些树林里去散散步，他喜爱自己的每一棵树，这片森林就是自己的银行啊，每一棵树都是一张支票，只要自己能把这些树管理好，日进斗金就绝对不是什么神话，因为这些树每天都在生长啊！但詹姆斯绝不轻易去伐一棵树，这是他祖父传给他的珍贵家产，这绿意盎然的森林，浸透了祖父和父亲多少的心血呀！多少木材商一次次地来找过詹姆斯，要买这些树，但每一次都被詹姆斯拒绝了，詹姆斯明白，虽然自己现在的经济不宽裕，但在这个木材资源一天比一天匮乏的世界，自己的这片森林能多长一天，就是一笔难以估量的巨大财富，所以詹姆斯从来就没有卖树的想法，他只是一心一意地管理着自己的这片大森林，不到迫不得已，自己是不会伐掉一棵树的。

但谁也没料到，灾难却突然降临到了詹姆斯的身上。那年初冬，天气十分干燥，连续两个月，没下过一场雨，尤其是树林里，落满了齐膝深的枯叶，那些落叶干燥易燃，如果有一点儿火星，也将会引起巨大的火灾。从晚秋到初冬，詹姆斯一家和那些雇用的工人都严阵以待，整天坚守在森林里，消除着各种火灾的隐患。但灾难总是防不胜防，有一天深夜，森林突然起火了，等到詹姆斯一家人和附近的居民发觉时，火势已经蔓延开了，半个夜空都被大火映红了，大火绵延的山冈就像一条条蜿蜒的赤色巨龙，在夜风的推波助澜下，迅速从一座山冈燃向另一座山冈，几千公顷的森林在短短两个小时就成了一片火海。

当森林消防警察和紧急起飞的消防直升机匆匆赶到时，火势已经无法控制了，大家只能眼睁睁地看着这场火把一片上百年的森林，在转眼之间化成了一堆让人心痛的灰烬。

看着自己的亿万资产转眼之间成了灰烬，詹姆斯一家欲哭无泪。向来开朗、幽默的詹姆斯一下子垮了，他神情呆滞，满脸懊悔地对自己挂着拐杖的老父亲说："这下子我们完了，彻底完了，上亿的财产化为乌有，还欠下了工人们那么多工钱，还有一笔一笔的银行贷款……"

已经哭干了眼泪的老父亲沉默了好久才对詹姆斯说："孩子，我们没有彻底完蛋，森林是没有了，但我们还有其他的东西！别把事情想得那么糟，我们是没有木材可以卖了，但我们至少还有大火留给我们的木炭啊！"

"木炭？"詹姆斯愣了，是啊，大火烧掉了森林，但大火却留下了许多木炭，那几千公顷的森林，将是多么大的一堆木炭啊。火灭后，詹姆斯一家就带着那些雇来的工人匆匆上山了，他们迅速在烧毁的林地上挖了几百个炭窑，将那些还在冒烟的庞大树干伐倒投进了炭窑里。一个多月后，詹姆斯拥有了上百万吨的上好木炭，这些木炭运进城里后，很快就被人们抢购一空，詹姆斯从此成为了一个拥资千万的木炭商。

后来，詹姆斯就开始专门从事木炭加工和销售事宜，他四处奔波，买下许多林场里废弃的树桩和树枝，然后烧制成木炭，再销往美国各地甚至出口到欧洲去。现在，他凭着木炭生意，已经成为一位美国的亿万富翁。詹姆斯说："我现在已经不再惧怕什么危机，所谓'危机'，不仅仅只有危险，它还包含着一种机遇。将危机把握好，也许就是一个人的人生转机。"

没有人愿意去遭遇危机，但当危机不期而至的时候，请不要一味地惧怕或惊慌失措，冷静地去看待和处理危机，或许，我们会在"危机"中发现一次新的机遇。

失误中诞生的"雪花呢"

一家纺织厂生产了一批呢子，当这些布料送到质检科的时候，质检科长大吃一惊，因为呢子上面有许多白色斑点，这些斑点分布不均，有的地方多，有的地方少，并且有的斑点大，有的斑点小。

质检科长马上找到厂长，把这些有斑点的呢子拿给厂长看，厂长一看，眉头马上也紧锁起来了，失误如此大的产品，连次品都算不上，谁会买呢？厂长问已经生产出来多少这样的呢子，主抓生产的副厂长苦着脸说："谁也没料到会出现这样的问题呀，现在晚了，仓库里有一半产品都是这样的布料了。"

有一半的产品都是这样的？厂长彻底泄气了，因为这么多有失误的产品的价值，是他们这家工厂生产十年也难以弥补的啊。厂长说："我们只能等待破产了，这么大的失误，就是神仙也没有回天之力了。"厂长吩咐全部的生产都停下来，让全厂人都想想到底还有什么方法能拯救这个工厂。

面对这些产品，许多工人都哭了，他们说："我们实在不知道自己日夜忙碌是在织这些残次品呀，我们都以为这或许是工程师特意设计出来的一种特殊呢子面料呢。"厂子停了工，牵动着许多人的心，那些退了休的老工人、老技术员、老工程师都闻讯赶回来了，许多人都面对仓库里堆积如山的残次品痛惜不已，仰天长叹："这一次失误就彻底毁掉了我们这个纺织厂！还能有什么办法呢？"

只有一个满头银发、拄着拐杖的老头在看了这些有白色斑点的呢子后，没有像其他人一样痛苦绝望地发出无奈的长叹，大家都认识他，他是厂里德高望重的老工程师。老工程师仔细查看了那些斑点后，又仔细检验了这批呢子的质量，他发觉这批呢子的质量倒是一点儿都不差，就是有些白色斑点而已。这些斑点都很小，像落在呢子上的一粒粒雪花，老工程审视良久，吩咐说："用这些料做几件衣服拿来给我看看。"

很快，衣服就做好送来了，令厂长等人意外的是，原本用纯正呢子做成的衣服看上去严肃而单调，而有了这些小斑点后，这些衣服看上去活泼漂亮多了。尽管是这样，厂长等人还是忧心忡忡，毕竟这是纺织生产中出现的失误造成的残次品，就是做成衣服，又有多少人会穿呢？老工程师不理会厂长的担心，他吩咐那些纺织工立刻再织一些料，并且要求要把那些雪花似的白色斑点再放大一些。

几匹样品很快就摆在了老工程师的面前，那些小斑点经过放大就像一片片洒落在呢子上的雪花，做成衣服男性穿上去显得潇洒，女性穿上去显得妩媚。老工程师微笑着对厂长说："你向那些客户说明，咱们厂生产的这批料不再是一种普通的呢子料，它是咱们研究生产的新产品，它叫'雪花呢'！"

厂长将信将疑，但为了挽救工厂，还是按照老工程师说的做了，结果令他们大喜过望，这批呢子一经推出便被迅速抢购一空，并且许多商家争先恐后纷纷前来订购，"雪花呢"便从此诞生了，并由此成了呢子的一种，一至沿袭至今。

人，可以失败，但不可绝望，绝望才是真正的失败。只要不绝望，即使在失败的废墟上，你也可以寻找到出人意料的成功转机。

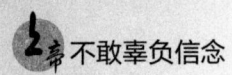

丑　母

　　我的母亲是个相貌丑陋的乡下女人。

　　刚刚懂事时，我就知道遮丑了。我不同母亲一块儿上街，喊在田里劳作的母亲回家时我只是很快地跑到她的身边，低低朝她喊一声，便飞快地独自一人跑开了。别人家的小孩，都让母亲拉着小手送到学校去，但我不，我拒绝母亲的接送。我知道很多个夜晚，下了晚自习，我一个人沿着漆黑的街道走，身后那个远远跟着我的黑影，那不紧不慢的一串脚步声就是母亲。但我还是假装不知道，我怕突然走到一盏路灯下，让别人看见了我有一个极丑的母亲。

　　因为丑，自惭形秽的母亲向来都是孤独和寂寞的。她不走亲戚，不到人潮如流的集市上去，她从不高声说话，总是一个人不声不响地默默忙碌着家务和田里的农活。母亲很爱看戏，但她很少到戏场去，就是仗着夜色去了，也是不声不响地远远坐在角落里，而且往往是去得最迟走得最早的一个。她没有看过一场完整的戏，不是没听到开场的锣声，便是没有看到结尾。回到家里，就靠父亲那笨拙的口舌给她补完一场戏。因此在镇上，母亲像一个难以被人看到的幽灵，许多人都把她淡忘了。

　　临近大学毕业的那年夏天，我的女朋友晓月固执地要同我去乡下见见我的家人。我百般阻挠无效，只好忐忑地硬着头皮领着她回了乡下的老家。

　　推开老家的木门，母亲正坐在院中洗衣服。看到我们回来，母亲慌手慌脚地站起来。女朋友见了母亲的模样，一时怔住了，我的脸也红了，尴尬地撒谎说："这是我的大娘。"我看见母亲一怔，微微地一哆嗦。但母亲什么也没有说，强装镇定地朝我们笑笑，便把我们迎进了屋里。那两天，晓月一个劲儿地问我母亲，我左遮右拦，眼看就要露馅了，母亲忙帮我掩饰说："他妈走亲戚去了，要好多天才能回来，我替他们家照看几天。"母亲笑着说完，就转身出去了。我看见母亲在墙角偷偷地擦了一把眼泪。

我在省城结了婚，只给家里草草写了一封信。母亲接到信后，给我们汇来了一千元钱，汇款单的留言栏上，只有几个黑点。我想，这可能是母亲欲言又止吧。一千元，虽然对于城里人来说不算什么，但对于一个只靠卖粮和药材挣钱的乡下人来说，已经接近天文数字了。捧着那张汇款单，我感到一种从未有过的沉重。母亲，虽然在留言栏上没说一句话，但我已经深深感到了她的祝福。

妻子分娩前的一个月，一天，楼下的邻居转给我一个很重的包裹，他说是一个乡下妇女送来托他转给我的。我忙问他送包裹的女人是什么模样，他比比画画说了半天，才说了一句："很丑的一个老妇人。"他说，那个老妇人在楼下转了老半天，把包裹托给我说她急着赶车，就匆匆走了。

回到家里，我打开包裹，全是花花绿绿的童衣童帽。我再也控制不住自己，放声痛哭了一场。我告诉妻子，那个我曾说是我大婶的女人就是我母亲，她千里迢迢风尘仆仆地转车赶到这里来，为了儿子的颜面，到了家门口却没有进来，留下她给儿子和未来孙子的满心慈爱，连儿子家的一口凉水也没有喝就走了。

妻子也哭了。妻子说，她其实早就知道那"大婶"就是我的母亲。"她一点儿也不丑，她比许多女人都美，她是我见过的最了不起的妈！"妻子让我一定回家把母亲接来，"我们不仅要大大方喊她妈，还要陪她去大街走走。"妻子说。

母爱深深，母亲将她全部的爱都倾注给了儿女，儿女也应该将他们的爱回报给母亲。无论母亲贫与富、美与丑，她给了我们生命，她的爱伴着我们成长的每一刻，这就是最美的。

妈妈的电话

那是他刚刚参加工作的时候，那时他刚刚二十岁。

那次，母亲风尘仆仆从乡下赶来看他，那天早上，他一觉醒来，已经七点三十分了，他匆匆擦了一把脸，就要推门赶去上班。母亲说，吃饭吧，吃过饭再去。他看了一眼餐桌，那上面摆着母亲炒出的一盘热气腾腾的青绿菜肴，一碟小菜、两个馒头，还有两碗冒着丝丝缕缕热气的稀粥，母亲说："吃了再去上班。"他说，没时间了，吃过饭就迟到了。说罢就匆匆出门，边扣衣服上的扣子边往公共汽车站跑。

晚上下班回来，母亲早将饭做好了，坐在餐桌旁等着他。母亲说，早上不吃早饭怎么行？他说："我嗜睡，向来都是一觉睡到天大亮，急匆匆赶去上班，没有时间吃早饭。"母亲听了直叹息。

后来母亲回乡下去了，临上车前，她还再三叮嘱他说："早饭不能少，少睡一会儿，也要挤出点时间吃早饭。"他笑笑，其实他也曾经尝试着挤出点时间吃早饭，买过两个闹钟定时后放在床头，但那钟铃声太小，总是吵不醒他，所以试了几次后也就作罢了。

不久，母亲从乡下老家挂过来电话说，老家装电话了。那个时候，装电话还很贵，乡下私人装电话的还不多，何况父母的收入都很低，除了他这个远在三百里之外的儿子外，父母也没有什么需要用电话联系的亲朋好友。他埋怨他们说："你们装电话干什么，省点钱还不如您二老多吃点滋补品。"母亲说："俺们去邮政所里问过了，挂电话只要挂不通是不计费的，以后每天早晨六点半，俺就给你挂电话，铃响了你不要接，你起床吃早饭就行。"母亲还再三叮嘱说，让他把电话放在床头，免得铃声惊不醒他。

他听了觉得很好笑，笑父亲和母亲为儿子的早餐这么牵肠挂肚，也笑父亲和母亲这种乡下人朴素的狡黠。

果然第二天清晨，电话铃就清脆地响了，他翻身一看，果真是六点半，按照母亲吩咐的，他没接电话，从从容容起床，漱口、吃早餐，一切显得井井有条。从此以后，每天六点半电话铃声都会清脆地响起，响过三次铃后就停了。他知道，那是母亲的电话，在三百里外她惦记着儿子每一天那微不足道的一顿早餐，从梦中醒来，就惦念起她在远方的儿子。

他曾问父亲，家里的电话费多吗。父亲憨厚地咧嘴笑了笑说："除了月租费，几乎没啥电话费。"父亲说，为了能给他准时挂电话，母亲卖了几只老母鸡凑钱买了一个闹钟，提前一个钟头母亲就醒了，守着闹钟给他打电话，生怕打早了耽误他睡觉，又怕打晚了让他没了吃早餐的时间。他听了心里挺不是滋味的，他劝父亲说："你告诉我妈，别再大清早给我打电话了。那么大年龄了，让她舒舒服服地睡上个天明觉。"

父亲咧嘴笑笑说："那怎么行呢，你知道你妈那倔脾气的。"

每个月领了工资，他都照例给父母汇一点回去，想让他们买点滋补品改善改善生活，但直到前些天回到老家时，母亲将一个存折塞给他说："城里过个日子不容易，喝口水都要花钱的，这是这些年你汇回来的，除了交几个电话费，其余的俺都给你攒在这本本上了。"他才知道，母亲说的电话费，不过是电话的月租费。父亲告诉他说，为了电话的月租费，母亲不仅多养了些鸡鸭，而且还常常到附近的商店、饭店去干些杂活儿。他听了，眼泪就掉了下来。

每天清晨六点半，当床头的电话铃声清脆地响起来时，他就仿佛听到了母亲的叮咛，仿佛看到他满头银发的母亲在晨风中默默惦念她远方的儿子，仿佛看到，母爱是那么无边无际，它穿越岁月、穿越时空、穿越地域、穿越浩荡的海洋和天空，那么博大、无私地抵达世界的每一个角落和每一颗心灵。

母爱，无处不在，它像随时可以响起的电话铃声，让世界静静地倾听。

祝你生日快乐

那是一个阴冷的凌晨，街上的行人不多，他驾驶着洒水车，在小城的街道上忙碌地洒水。他想早早地将每一条街道都洒完水，因为，今天是他十二岁女儿的生日，他还要到水产品市场上去买鱼和肉，到农贸市场上去买一些青菜，还要赶在十一点之前去蛋糕店，取回他昨天就给女儿定做的生日蛋糕。女儿是很喜欢大蛋糕的，喜欢插上七彩的蜡烛，在烛光摇曳中嘟起她的小嘴，轻轻地吹灭那些象征她自己年龄的小蜡烛，当然，客人中会有女儿的几个小同学，她们都是她最要好的朋友。女儿说："爸，别看你是驾洒水车的，可我知道你其实就是一个环卫工人，我的生日，咱就不去什么大酒店、海鲜楼了，节俭一点，做几个菜，买上一个大蛋糕在家里办就行。"他真为女儿的懂事高兴。他想，自己把这最后的几条街道洒完，就骑上车去买菜，去蛋糕店取蛋糕。

他的洒水车有十几种音乐，平常的时候，他会一盘一盘地换磁带，让不同街段上的市民们听到不同旋律的音乐，可今天不同，今天是自己女儿十二岁的生日，他要一路上都放那曲《祝你生日快乐》，他要把女儿生日的快乐洒到这个小城的每一条街上和路上，让整个小城都沉浸在女儿的生日快乐中。要知道，自己只是一个普通的洒水车司机，能给女儿一个意外惊喜的，也许就只有这一点点便利了。

他合着节拍轻哼着《祝你生日快乐》洒到一条街道时，一个小男孩突然拦住了他的洒水车，任凭他怎样示意，那个小男孩还是一点儿都没有让开的意思。那是一个只有六七岁的小男孩，衣衫褴褛，一只脚穿着鞋子，而另一只小脚丫赤裸着，男孩的小脸上浮着一层煤灰，只有小小的牙齿和瞳孔闪烁着白色。他放慢了本来就十分徐缓的车速，隔着驾驶窗的玻璃，再三微笑着让小男孩让开，但小男孩就像没有看见似的，只是向他洒水车驶过的那条街上张望着。这时，街道两旁的行人们都停下脚步，好奇地望着他的洒水车和那个拦车的小男孩。

他停下车来，但他并没有关上车上的音乐，《祝你生日快乐》的旋律仍然在徐徐地飘荡着，他跳下驾驶室，快步走到小男孩的身边，他想这个小家伙或许是个聋子，什么都听不见呢。他走到小男孩的身边，弯下腰去，抚摸小男孩的脑顶笑眯眯地说："小家伙，到一边去，叔叔还要洒水呢。"小男孩看了看他，又朝远处张望了一下，恳求他说："叔叔，你能再稍等一会儿吗？我已经追着你的洒水车跑了两个街区了。""追洒水车干什么呢？"他问还不停喘着粗气的小男孩。小男孩说："叔叔，洒水车的音乐真好听，是《祝你生日快乐》。"他笑了说："就是为了追着音乐听吗？"小男孩点了点头，又很快摇摇头说："是为了让我妈妈听的，叔叔你知道吗，今天是我妈妈的生日！可我又没有什么礼物送给她，我就想送给她这个音乐，我知道的，许多人过生日都放这首歌。"小男孩又瞪着他又黑又亮的小眼睛恳求他说："叔叔，能请你再等一会儿吗？我想我妈妈马上就赶上来了。"

　　送给妈妈一首《祝你生日快乐》？他望着眼前这个汗津津的小男孩，一股热热的东西在心里涌上来。他想起自己还要去买鱼和肉，还要去蛋糕店取生日蛋糕，但他还是微笑着对小男孩说："小家伙，祝你妈妈生日快乐！"小男孩听出来他答应了，高兴极了。

　　一会儿，他果然看见了一个妇女向这边匆匆跑来，近了的时候，他看见那妇女的衣服很破旧，在风中跑着的时候，她身上被风扬起的布片像一面面小旗。他微笑着对那妇女说："祝你生日快乐！"妇女惊愕了，但转瞬就满脸幸福地紧紧搂住那个小男孩笑了。他跑向驾驶室，把音量开得更大些，顿时，满街都是《祝你生日快乐》的幸福旋律。

　　他走到街边的小商店的公用电话亭边，挂电话告诉妻子说，自己现在有一件十分重要的事情耽误了一下，让妻子代他去买菜和取蛋糕。商店的老板问："那小男孩拦你的洒水车干什么？"他说："小男孩的妈妈过生日，小家伙没有什么礼物，他要送给妈妈这首《祝你生日快乐》。""哦？"店老板顿时呆了，但马上跟他热情地说："太谢谢你了！"似乎那小男孩就是店老板的孩子。

　　他要驾驶洒水车走的时候，街两边许多卖音响的商店里都飘起了同一首歌——《祝你生日快乐》。他的眼睛湿湿的，他似乎听见街边的许多地方，都在播放《祝你生日快乐》，仿佛今天整个小城都在祝福生日。女儿今天肯定会接受这个意外的生日礼物的，这是一件让人多么难以忘怀的礼物啊。他的洒水车徐徐向前行驶着，像洒下一注注清凉的水一样，洒下了一街幸福的《祝你生日快乐》。

　　他觉得，这是全世界最动听、最迷人的旋律。